O ESPAÇO DA ORALIDADE NA SALA DE AULA

O ESPAÇO DA ORALIDADE NA SALA DE AULA

Jânia M. Ramos

Martins Fontes
São Paulo 2002

Copyright © 1997, Livraria Martins Fontes Editora Ltda.,
São Paulo, para a presente edição.

1ª edição
outubro de 1997
3ª tiragem
julho de 2002

Preparação do original
Andréa Stahel M. da Silva
Revisão gráfica
Marise Simões Leal
Produção gráfica
Geraldo Alves
Paginação/Fotolitos
Studio 3 Desenvolvimento Editorial

Dados Internacionais de Catalogação na Publicação (CIP)
(Câmara Brasileira do Livro, SP, Brasil)

Ramos, Jânia M.
 O espaço da oralidade na sala de aula / Jânia M. Ramos. – São Paulo : Martins Fontes, 1997. – (Texto e linguagem)

 Bibliografia.
 ISBN 85-336-0765-2

 1. Comunicação oral 2. Escrita 3. Fala 4. Linguagem e línguas – Estudo e ensino 5. Português – Redação 6. Textos I. Título. II. Série.

97-4252	CDD-808.0469

Índices para catálogo sistemático:
1. Linguagem oral e produção de textos : Português :
Retórica   808.0469
2. Produção de textos e linguagem oral : Português :
Retórica   808.0469

Todos os direitos desta edição reservados à
Livraria Martins Fontes Editora Ltda.
Rua Conselheiro Ramalho, 330/340 01325-000 São Paulo SP Brasil
Tel. (11) 3241.3677 Fax (11) 3105.6867
e-mail: info@martinsfontes.com.br   http://www.martinsfontes.com.br

Índice

Prefácio VII
Introdução IX

Capítulo 1 Conceitos básicos 1
    1. Descrição e uso 1
    2. Norma culta 4
    3. Estilo 6
    4. Modalidade oral e modalidade escrita 8
    5. Considerações finais 11

Capítulo 2 Da produção de textos 13
    1. Da força do interlocutor autoritário 14

Capítulo 3 Do contato com a norma culta na modalidade oral 19
    1. Teoria ou prática? 19
    2. A prática 20

Capítulo 4 Do uso da norma culta na modalidade escrita 31
    1. Peças de teatro 31

                2. Notícias de jornal *33*
                3. Leitura e compreensão de instruções *37*
Capítulo 5   Da transcrição de textos falados *41*
Capítulo 6   Erros de redação revisitados *53*
                1. Concordância *53*
                    1.1 Reanálise do problema *54*
                    1.2 Atividades *55*
                    1.3 Tipos de erros de concordância *56*
                2. Pontuação *57*
                    2.1 Atividades *61*
                    2.2 Tipos de erros de pontuação *65*
                3. Acentuação *66*
                    3.1 Reanálise do problema *66*
                    3.2 Atividades *67*
                    3.3 Tipos de erros *68*
                4. Ortografia *68*
                5. Coesão *72*
                    5.1 Atividades *73*
                    5.2 Tipos de erros de coesão *75*
                6. Coerência *76*
                    6.1 O problema *77*
                    6.2 Reanálise do problema *77*
                    6.3 Atividades *79*
                    6.4 Tipos de erros de coerência *81*
                7. Regência verbal e nominal *83*
                    7.1 Tipos de erros de regência *84*
                8. Vocabulário *85*
                    8.1 Tipos de erros de vocabulário *85*

Conclusões *87*
Notas *91*
Referências bibliográficas *95*

*Prefácio**

É amplamente reconhecida a necessidade de repensar conteúdos, metodologias e condições de trabalho do professor de 1º e 2º graus. A resolução de pelo menos uma parte desses problemas pode ser alcançada com a colaboração de pesquisadores. Ciente desse papel, grande parte dos lingüistas brasileiros tem procurado desenvolver projetos de ensino de modo a conhecer melhor a realidade nacional e propor soluções. A preocupação com o ensino básico ocupa hoje uma posição central.

É claro que a implementação de qualquer proposta alternativa não se fará isoladamente, mas sim com a colaboração de professores de 1º e 2º graus. Essa complementaridade é fundamental, pois bem sabemos que nenhuma nova proposta pode prescindir de procedimentos e atividades comprovadamente bem-sucedidos, segundo a avaliação do professor.

---
* Este trabalho foi financiado em parte por uma bolsa concedida à autora pelo CNPq.

Foi contando com essa colaboração que este livro foi elaborado. Nele são apresentadas reanálises de problemas de produção de textos e sugestões de atividades. Espera-se que, com base nesse material, o professor faça uma adaptação ao nível de seus alunos, selecionando o material e ampliando-o. Por essa razão as atividades são apresentadas sem a preocupação de estabelecer graus de dificuldade ou procedimentos rígidos de aplicação. O propósito do presente volume é mostrar que um espaço maior deverá ser dedicado ao uso da linguagem oral. Desse modo, espera-se afetar positivamente o processo de produção do texto escrito. Estamos pressupondo que algumas habilidades requeridas na produção de texto não dependem da modalidade. Por esta razão, tais habilidades poderiam ser desenvolvidas pelo uso tanto da linguagem oral quanto da linguagem escrita. Em outras palavras, estamos assumindo que a correlação entre fala e escrita é um *continuum* e que princípios mais abstratos orientam a performance do indivíduo em ambas as modalidades.

Para terminar este prefácio, gostaria de agradecer aos Profs. Mário Perini e Antônio Augusto Faria pela leitura atenta e cuidadosa dos originais e pelas sugestões, ressaltando que qualquer falha é de minha inteira responsabilidade. Gostaria também de agradecer a Henrique Romaniello, bolsista do PAD/UFMG, que me ajudou na coleta e análise dos dados; e aos meus alunos nos cursos de Pós-Graduação *Lato Sensu*, por terem respondido a questionários e discutido comigo as propostas apresentadas neste volume.

Introdução

O presente volume pretende oferecer um conjunto de sugestões de atividades didáticas que contribuam para o aprimoramento da tarefa de produzir textos em língua materna. A clientela visada é de professores de 1º e 2º graus.

Esta proposta de trabalho pode ser sintetizada como um conjunto de procedimentos que assume explicitamente o texto falado como ponto de partida para se chegar à produção do texto escrito. Desse modo, espera-se estar fornecendo uma resposta a solicitações apresentadas em vários trabalhos que argumentam a favor da utilização da língua falada como base para uma nova metodologia de ensino da língua materna. Castilho (1990:121), por exemplo, chama a atenção para a necessidade de se inserir nos programas de língua portuguesa informações relativas à linguagem oral, sugerindo que "uma ênfase particular deveria ser dada à língua falada, porque esta modalidade retém muitos dos processos de constituição da língua, os quais não aparecem na língua escrita". Fica claro nessa sugestão algo de importância fundamental: a reavaliação da língua falada em si, o que significa reconhecer como objeto de análise algo que traduz diferentes momentos do processo de construção do texto, o que, por sua vez, pode contribuir para que o aprendiz conceba o texto, quer falado quer escrito, como resultado de um processo que implica reestruturações, múltiplas revisões, hesitações e refazimentos em diferentes níveis (lexical, ortográfico, sintático, morfológico, semântico e discursivo).

Assumindo-se que a compreensão do processo de produção de textos seja um fator importante para o aprendiz, foram propostos exercícios a partir dos resultados de vários estudos sobre diferenças entre fala e escrita.

Três diretrizes orientam essa proposta. A primeira é a opção por partir de algo que o aprendiz já sabe: a produção e a utilização de textos falados em situações normais de interação. A segunda é a utilização de um material novo: o texto falado. Como se sabe, o texto falado, quer seja vazado em dialeto padrão quer em dialeto não-padrão, é um objeto de análise igualmente interessante para o aluno e para o professor, uma vez que na linguagem oral as diferenças dialetais são consideradas mais naturais e, portanto, mais facilmente aceitas. Além disso, a descrição da norma culta em sua modalidade oral tem mostrado traços que surpreendem até especialistas[1]. A terceira diretriz é a concepção de que a distinção entre fala e escrita seja um gradiente, o que possibilita ao professor lidar com as regras da modalidade escrita como algo resultante de um processo do qual o aprendiz participa ativamente, e não mais como um conjunto de regras arbitrárias e autoritárias às quais o aprendiz é obrigado a se submeter passivamente e sem saber por quê. Em outras palavras, a vantagem seria permitir um ensino que leve o aluno a refletir sobre seu objeto de estudo e não "um ensino que visa à transmissão de conteúdos prontos"[2].

Ainda no que diz respeito ao ensino, esta proposta pretende contribuir para: (a) minimizar o problema decorrente da "postura repressiva da escola em relação aos falantes do dialeto não-padrão, que leva ao emudecimento de grande parte dos alunos e indisposição para identificar-se com o ensino institucionalizado"[3], na medida em que abrirá espaço para que os falantes do dialeto não-padrão possam falar de sua realidade e ver seu discurso como objeto de transcrição e tradução no/do dialeto padrão; (b) permitir reflexões sobre a língua/linguagem, uma vez que a questão da variação lingüística será tratada com naturalidade e como objeto de interesse, devido a seu conteúdo social; (c) levar à construção de conhecimentos por parte do aluno, uma vez que lhe serão solicitadas sugestões sobre problemas de descrição e análise lingüística (ver capítulo V); e (d) chamar a atenção para as razões de natureza social (e não de natureza lingüística) responsáveis pela atitude preconceituosa contra aqueles que falam diferente do padrão culto, ao mostrar que as diferentes maneiras de falar são igualmente ricas em recursos expressivos e igualmente adequadas a diferentes usos.

No capítulo I serão apresentados os conceitos básicos que permitirão estabelecer um cenário no qual serão projetados e analisados diferentes tópicos a serem desenvolvidos nos outros capítulos. No capítulo II serão apontadas algumas fontes potenciais do fracasso do ensino de produção de textos, e serão propostas sugestões de como evitá-las. Nos capítulos III a V serão apontadas sugestões de como desenvolver o padrão culto oral e o padrão culto escrito. No capítulo VI será apresentada uma lista de "erros de redação", acompanhada de reanálises e sugestões de como tratá-los.

Em síntese, os capítulos visam a fornecer um roteiro de ensino da língua materna, tomando como ponto de partida o conhecimento e a habilidade de uso da modalidade oral já adquiridos pelo aluno. As atividades propostas não especificam as séries em que poderão ser usadas e são assistemáticas, de modo a deixar a cargo do professor sua ordenação e adaptação aos diferentes níveis e interesses dos alunos.

Capítulo 1   **Conceitos básicos**

Este capítulo se subdividirá em três seções. Em cada uma serão explicitadas noções básicas que nortearão as atividades sugeridas nos demais capítulos. As noções referidas são: *descrição e uso* da língua, *norma culta* e *modalidades oral e escrita*. Embora geralmente assumidas como consensuais, estas noções estão muito longe de o serem. Discussões, mesmo em fóruns especializados, evidenciam uma série de mal-entendidos e simplificações grosseiras. Vejamos.

1. Descrição e uso

Os mais recentes programas oficiais de ensino enfatizam a distinção entre descrição e uso da língua, apontando limites claros entre o momento escolar em que o objetivo será o ensino do uso da língua e o momento em que o objetivo será a descrição da língua. O primeiro será desenvolvido no primeiro grau, e o segundo, no segundo grau[4].

Todos sabemos que para a maioria dos professores as instruções dos novos programas são enigmas. Elas parecem indicar que se deve continuar "ensinando análise sintática, sem entretanto dar-se o nome das classes e categorias"[5].

É um truísmo afirmar que *descrição* e *uso* são atividades independentes e que uma não implica a outra. Pode-se, por exemplo, usar uma língua sem se ter a mínima idéia de como descrevê-la. Uma criança de sete anos fala português e dificilmente seria capaz de apontar o sujeito e o objeto direto de uma sentença. A mesma independência se coloca em relação à descrição. Pode-se descrever uma língua sem saber usá-la. Qualquer estudioso da teoria lingüística, por exemplo, pode falar sobre a ordem dos constituintes da sentença e a posição dos clíticos em hebraico sem que para isso precise falar hebraico.

Apesar da distância existente entre estas duas atividades, é freqüente o professor de língua materna gastar a maior parte de seu tempo ensinando análise sintática, regras de acentuação e pontuação e na hora da avaliação exigir que o aluno escreva um texto. Geralmente assume-se que quem foi treinado para fazer descrição de estruturas saberá empregar tais estruturas ao produzir textos escritos. Isto, entretanto, é um equívoco que precisa ser denunciado.

Quem quiser avaliar produção de texto deverá treinar produção de textos e não a descrição de algumas de suas estruturas. Deverá instaurar situações que levem o aluno a fazer uso efetivo da língua, atendendo, na medida do possível, a propósitos e interesses que têm a ver com sua prática social.

Outro equívoco, certamente vinculado ao anterior, é a aceitação, por parte do professor, de que precisa ensinar análise sintática porque tanto os pais quanto a direção da escola e o programa oficial o exigem. De onde vem essa camisa-de-força? Pelo menos no estado de Minas Gerais, desde 1987 o programa oficial já sugeriu que se enfatizasse, no primeiro grau, o uso da língua e não a descrição.

Até que ponto a direção da escola e os pais cerceiam, de fato, a atividade do professor? Será que sob tais considerações não haveria um acordo tácito, assumido pelo professor, de seguir a tradição para evitar problemas? Na prática, seguir a tradição significa dar aulas tal como se fazia quando o próprio professor estava no primeiro grau. Ou será que tais alegações do professor não estariam, de fato, denunciando uma lacuna no ensino atual, isto é, a ausência de um conjunto de instruções contendo novas atividades didáticas e meios modernos de desenvolvê-las? Em uma amostra formada de 120 questionários respondidos por professores de primeiro e segundo graus da rede estadual de Minas Gerais[6], 90% dos entrevistados afirmaram esperar que os cursos de especialização, fornecidos pelas universidades, lhes oferecessem sugestões objetivas de como trabalhar na sala de aula fazendo uso das "novidades" apresentadas durante os cursos. Essa expectativa por parte dos professores permite constatar a existência de uma lacuna entre os resultados da pesquisa em lingüística e a prática escolar. Há carência de sugestões objetivas de atividades didáticas e redefinição de conteúdos.

Diante de tal quadro, pode-se entender melhor porque ensinar língua materna é uma tarefa que apavora o recém-licenciado em Letras. O novo professor se vê obrigado a lidar com conteúdos muitíssimo diferentes daqueles com os quais lidou durante a graduação. Vê-se impingido a ensinar análise sintática, corrigir erros de regência, concordância, acentuação e pontuação em redações, e restrito aos limites de um livro didático já previamente escolhido pela respectiva escola. Não sobra espaço para a leitura crítica, para a leitura dramática de textos, para discussões de temas de interesse mais direto, que levariam o aluno a um melhor desempenho lingüístico.

Feito esse diagnóstico a propósito do par uso/descrição, passemos ao tópico seguinte, que é sobre a noção de norma culta.

2. Norma culta

O que se convencionou chamar de "língua portuguesa" nada mais é do que um feixe de variedades lingüísticas que caracterizam grupos sociais, situações, regiões, etc. "Ao longo dos períodos históricos, determinada variedade sempre alça sobre as demais, por corresponder aos usos de determinado segmento da sociedade, precisamente aquele que desfruta de prestígio dentro da comunidade maior, em virtude de razões políticas, econômicas e culturais. Denomina-se norma culta essa variedade.[7,8]" A conceituação de norma envolveria, pelo menos, duas dimensões. "(a) A norma culta seria um uso lingüístico, concreto, e correspondente ao dialeto social praticado pela classe de prestígio. Neste sentido, ela é também chamada norma objetiva ou norma explícita. (b) A norma padrão representa a atitude que o falante assume em face da norma objetiva. Essa atitude corresponde ao que [o falante julga] que a classe socialmente prestigiada 'espera que as pessoas ou façam ou digam em determinadas situações' (Rodrigues, 1968: 43)."[9]

Por incrível que pareça, é comum ouvir-se que no Brasil não existe uma norma culta. Este e outros equívocos constituem sérios obstáculos à execução da tarefa do professor na medida em que colocam em dúvida algo que ele, professor, assume como pressuposto. Se não sabe o que é a norma culta, como poderia o professor treinar seu aluno a usá-la? Este paradoxo, entretanto, é apenas aparente. De fato, é inegável que existe no Brasil uma norma culta. Em qualquer comunidade de fala, seus membros se orientam por um conjunto de normas depreendidas do uso efetivo da língua por usuários que pertencem ao grupo de prestígio.

De onde vem este equívoco? Ele nasce do consenso de que não há, no Brasil, uma descrição adequada da norma culta. E sem uma descrição adequada não se poderia ensinar a norma culta na escola, já que as descrições disponíveis, presentes nas gramáticas normativas, seriam bastante insatisfatórias, conforme mostram as inúmeras análises críticas publicadas nos últimos anos. Assume-se que somente a partir de uma descrição ótima pode-se ter sucesso no ensino da norma culta. Assume-se também que uma descrição ótima é a única fonte de atividade de ensino.

É importante ressaltar que as críticas sobre as gramáticas tradicionais, em sua maioria, incidem sobre os critérios de definição e classificação dos dados, e muito pouco sobre o padrão lingüístico ali descrito. Quem negaria que as gramáticas normativas são instrumentos úteis para dirimir dúvidas quanto à regência de um verbo, ao uso de hífen ou a um determinado tipo de concordância? Veja-se que fazer uso de uma gramática como obra de referência é algo muito diferente de fazer uso desse material como modelo de descrição lingüística.

É claro que dentre o conjunto de fatos ali explicitados há um conjunto que poderia ser classificado como anacrônico. Um trabalho útil e realizável a curto prazo seria apontar estes pontos problemáticos com precisão e detalhe para que, por sua supressão, se chegue a um conjunto de fatos/dados mais simples e mais adequado. Entretanto, a não-disponibilidade imediata de um modelo mais "enxuto" não chega a ser um obstáculo para o uso das gramáticas normativas na escola como uma obra de referência, já que os padrões lingüísticos que orientam todos os membros de uma comunidade de fala são os mesmos, ainda que nem todos façam uso ativo deles[10]. Tais padrões, detectáveis por testes de reação subjetiva[11], são tomados como referência, igualmente, por todos os membros de uma comunidade de fala[12].

Considerando isso, podemos concluir que ensinar a norma culta é levar o aluno a adotar como modelo o modo de falar e de escrever das pessoas cultas. Para tanto, é necessário que o aluno tenha acesso à linguagem dessas pessoas, quer por contato direto, quer por vídeos e textos escritos dos mais diferentes tipos. Haver um gramática normativa atualizada seria algo útil mas não estritamente necessário.

3. Estilo

O termo *estilo* tem recebido diferentes conceituações. Interessa-nos aqui, especificamente, a noção de estilo como um gradiente, identificando os extremos desse contínuo como, respectivamente, *estilo coloquial* e *estilo cuidado*. O primeiro é mais espontâneo, mais informal, e o segundo, mais formal.

A distinção entre estilo coloquial e estilo cuidado tem a ver com a avaliação social que fazemos das diferentes maneiras de se dizer a mesma coisa. As formas lingüísticas que consideramos *corretas*, *elegantes*, *bonitas* e *cultas* aparecem em maior número no estilo cuidado.

A distinção entre os estilos tem a ver também com a situação em que a interação lingüística se efetiva. Nas situações mais espontâneas, lidando com interlocutores com quem temos intimidade, quer falando ou escrevendo sobre assuntos do cotidiano, usamos o estilo coloquial. Já em situações mais formais, falando/escrevendo sobre temas mais específicos e lidando com interlocutores mais distantes, do ponto de vista social e pessoal, usamos o estilo cuidado.

Outro critério para distinção entre os estilos é o grau de atenção sobre a fala em si. Quanto mais atentos a nosso comportamento lingüístico, mais cuidado será o estilo. Quanto menos atentos ao comportamento lingüístico, mais coloquial será o estilo.

Vejamos a seguir dois conjuntos de sentenças que exemplificam cada um destes estilos.

Estilo cuidado
(a) Como vai você?
(b) Como tem passado?
(c) Pedro acabou de sair.
(d) Há um abacateiro lá em casa.
(e) Nós estivemos lá ontem.

Estilo coloquial
(a') Cum'é que 'cê vai?
(b') Cum'é que 'cê 'tá?
(c') Pedro acabô de saí.
(d') Tem um abacatero lá em casa.
(e') A gente 'teve lá ontem.

O reconhecimento das formas da coluna da esquerda como formas mais corretas e cultas é algo consensual na comunidade, o que significa que os critérios que permitem sua identificação fazem parte do conhecimento lingüístico de todos os falantes da comunidade.

Se, do ponto de vista descritivo, as diferenças podem ser analisadas quanto à fonologia, à sintaxe e ao léxico, estas informações só têm interesse e relevância para quem tem por objetivo estudar a língua tal como um físico estuda o universo. Isto é, apenas para quem tomar a língua como objeto de investigação, descrevendo-a, com o propósito de compreender melhor sua natureza e funcionamento. Já para o usuário comum, interessado em usar a língua adequadamente nas diferentes situações, a descrição das diferenças de nível fonológico, sintático e lexical não terá qualquer relevância.

O usuário comum, embora seja capaz de distinguir os dois estilos, não é capaz de, sem um treinamento específico, reconhecer os níveis gramaticais. Isso mostra que saber usar e reconhecer os estilos é algo independente de classificar traços fonológicos, sintáticos e lexicais. Portanto, as diferenças de estilo podem ser objeto de exercícios escolares ainda que os alunos não dominem termos indicadores de categorias descritivas e nem sejam capazes de fazer classificações e análises gramaticais.

Passemos por fim à distinção de modalidade lingüística.

4. Modalidade oral e modalidade escrita

Muitos profissionais que atuam na área de ensino da língua materna conseguem chegar à universidade (e por vezes sair dela) sem ter consciência das especificidades da fala em contraposição à escrita. Há quem acredite que se fala tal como se escreve e vice-versa. Não é menor o número de falantes que assumem que a escrita só se presta à veiculação de textos formais e que a fala, de modo geral e irrestrito, é sempre mais coloquial que a escrita.

Quando se considera uma situação de ensino de língua, essas crenças podem acarretar dificuldades. Consideremos inicialmente a situação de uma criança analfabeta, usuária do dialeto não-padrão no estilo coloquial. Ao ser alfabetizada, deverá num só passo redigir textos no dialeto padrão e ainda em estilo formal. Para essa criança, portanto, aprender a escrita significa dominar, ao mesmo tempo, outro dialeto, outro estilo e ainda outra modalidade. Sem dúvida, o passo que terá de dar será bem maior do que aquele a ser dado por uma criança que já domina o dialeto padrão.

Ciente destas diferenças e das respectivas dificuldades que acarretam durante o processo de ensino da língua materna, seria oportuno buscar explicitar, em termos de traços lingüísticos, tais diferenças. Tomemos um fragmento de redação em que se podem apontar erros decorrentes apenas de diferenças de estilo.

(i) 1. "Os leões são mais caumos e que geralmente estão *dano* crias." (MLR, redação de 5.ª série.)
2. "Eu também acho mesmo eles sendo bem tratados *eles devem viver muito triste* pois eles vivem preso." (CPO, redação de 5.ª série.)
3. "Eles têm uma boca grande *que dá para* comer a carne inteira." (MF, redação de 5.ª série.)

Há a presença de processos fonológicos que indicam estilo coloquial: o uso "dano" em lugar de "dando", em (i) 1. No nível morfossintático, o uso de "triste" em vez de "tristes" em (i) 2. A escolha lexical, levando à inserção de expressões populares, é outro indicador; o uso de "que dá para comer" em vez de "capaz de comer", em (i) 3.

Vejamos agora um fragmento em que os erros decorrem apenas de diferenças relativas à modalidade.

> (ii) "No Zoológico de Belo Horizonte *a última vez* que eu fui lá tinha 2 leões machos e 2 fêmeas e 3 filhos. Eu também acho mesmo *eles* sendo bem tratados *eles* devem viver muito triste pois eles vivem preso (...).
> Em um livro que eu tenho *mostra* em uma figura que tem o título de História da Humanidade *mostra* os homens das cavernas matando os leões com lanças."
> (CPO, redação de 5.ª série.)

A presença de uma construção de tópico[13] "a última vez" em vez de "na última vez" resulta da transposição para a escrita de recursos normais e adequados à fala. A retomada do cenário através do item "lá", que seria útil na fala para recompor a sentença, torna-se uma redundância na escrita, já que os sinais gráficos, diferentemente dos sons, são perenes e por isso permitem a releitura e a recomposição. Outra retomada com o mesmo objetivo é a dos itens "eles" e "mostra". Veja-se que uma vírgula poderia sinalizar adequadamente as respectivas sentenças.

5. Considerações finais

Cada um destes dois tipos de interferência deverá ser abordado separadamente no processo de ensino. O treinamento oral de diferentes estilos minimizará a freqüência de erros do tipo (i). A tarefa de transcrever textos orais e depois compará-los a textos escritos, ressaltando-se as diferenças, juntamente com o contato intenso com a fala de usuários da norma culta e a leitura de textos de jornais, de peças de teatro e livros em geral contribuirão para minimizar os erros do tipo (ii).

Em outras palavras, problemas decorrentes do estilo necessitarão de prática oral e prática escrita para serem minimizados, o que inclui a audição, discussão, repetição, transcrição e "tradução" de textos do estilo cuidado, assim como a leitura de textos de diferentes estilos.

É importante ressaltar que na classe das diferenças de estilo estão incluídas tanto formas que aparecem na fala das pessoas cultas, quer em situação de monitoração quer em situações espontâneas, como também formas que não aparecem na fala das pessoas cultas, tais como "'nóis foi", "vá drumi", etc. Por serem estigmatizadas, estas últimas devem ser tratadas na escola com naturalidade e "traduzidas" por formas do dialeto padrão. E é exatamente por seu peso social que seria importante o professor estar atento a elas, de modo a evitar que sua atitude de rejeição se manifeste.

Capítulo 2 **Da produção de textos**

Quando se fala em produção de textos, pensa-se logo em redações. A redação típica é apenas um dentre os múltiplos tipos de textos produzidos pelos alunos. Falo isso porque estarei assumindo aqui a noção de texto como espaço de interlocução[14], o que, por sua vez, me leva a incluir no rol dos textos tanto as redações escolares quanto cartas, bilhetes, anotações em diário, e também as conversas do aluno com colegas, pais, professores, etc. Em outras palavras, quando me refiro à produção de textos, estou considerando o processo que tem como resultado tanto textos falados quanto textos escritos.

Quando se considera a vasta multiplicidade dos textos produzidos, torna-se mais fácil ver com clareza a distância que separa as redações escolares dos demais textos. Alguns fatores responsáveis pelo distanciamento serão abordados a seguir.

1. Da força do interlocutor autoritário

Vários são os trabalhos que apresentam diagnósticos de problemas de redação. Diversos tipos de tratamento têm sido indicados. Como aplicar os diferentes "remédios" em situações específicas de sala de aula? Como saber se o remédio está fazendo efeito?

Cada dignóstico implica a adoção de um ponto de vista a partir do qual observar o complexo processo de produção de textos. Em conseqüência, um único enunciado poderá exemplificar diferentes tipos de erros, dependendo do lugar (teórico) a partir do qual o avaliador se coloca.

Dentre os diversos diagnósticos disponíveis, chama a atenção o de Leme de Brito (1985)[15], por duas razões: além de reinterpretar análises anteriores, expõe uma face geralmente oculta do processo de interação em sala de aula.

Leme de Brito adota a definição de *escrita* como uma alocução e postula um alocutário que, embora distante, interfere e interpela indiretamente o locutor. Esse alocutário superior, culto, autoritário e onisciente materializaria tudo o que o estudante recebeu da escola e outras fontes afins. É para esse alocutário que o estudante estrutura seu discurso e é com base nele que o estudante forma sua imagem do que seja a língua culta. Não é sem motivo que os alunos chegam a afirmar que "enfeitam" as redações com palavras "bonitas" para "mostrar pro professor que a gente sabe"[16].

Ainda de acordo com Leme de Brito, a imagem do interlocutor, criada pelo estudante, resulta do caráter repressivo e valorativo da escola. Ante tal interlocutor, o estudante sente-se impelido a mostrar que "sabe" e a negar sua capacidade lingüística oral. A conseqüência disso não é a estilização ou apropriação própria da linguagem, mas uma aplicação de modelos preestabelecidos pelos valores sociais privilegiados. Em seus textos encontram-se marcas características de uma certa concepção de linguagem formal, como inversões sintáticas simples, presença de conjunções nunca ou raramente usadas na oralidade, substituição sistemática da palavra "que" por "o qual/os quais" (e flexões) e, acima de tudo, presença de um vasto vocabulário estranho à linguagem usual do estudante, por vezes, esdrúxulo. Além disso, a argumentação é apoiada em frases de efeito, normalmente de valor absoluto, ainda que isto possa incorrer em associações insólitas. Tais procedimentos levam a crer que (a) o estudante tem a necessidade de "encher" (de uma certa maneira um certo espaço, isto é, de mostrar que está dizendo alguma coisa, mesmo que não tenha nada para dizer); e que (b) na tentativa de tornar "culta" a redação, recruta os recursos que obtém a partir da imagem que constrói dentro da situação específica em que se acha[17].

Desse diagnóstico, quatro pontos devem ser ressaltados: (a) a posse por parte do aluno de uma imagem distorcida do que seja a norma culta; (b) a negação da capacidade lingüística oral do aluno; (c) o caráter repressivo da escola que impede o aprendiz de assumir o papel de sujeito na interlocução leitor/texto; e (d) o caráter valorativo da escola, materializado pela atividade de avaliador desempenhada pelo professor que, ao desconsiderar o ensino da escrita como um processo, avalia de modo global os textos dos alunos, apontando erros de múltiplas espécies ao mesmo tempo, o que desorienta o aluno em relação à causa de seu erro.

Um meio de minimizar os problemas acima seria propiciar ao aluno o contato com a língua padrão, para que possa ter uma imagem mais adequada não só da língua padrão propriamente dita mas principalmente do perfil do usuário daquela variedade de fala. Se o contato com a língua padrão se der pela modalidade oral, muito do que o aluno sabe lhe será útil e ele se reconhecerá mais facilmente como interlocutor em situações de interação em que essa variedade é naturalmente selecionada, por exemplo a narração de um documentário sobre ecologia veiculado pela televisão.

Nesse ponto é preciso ressaltar que mesmo as pessoas cultas variam em estilo. O estilo coloquial, usado na maioria das situações de interação face a face, será mais acessível ao aluno do que o estilo cuidado. Portanto, o contato com a modalidade culta deverá ser por ambos os estilos.

Se o aluno passa a ter acesso a situações reais de uso da língua padrão, quer pela mídia quer por outros meios, o professor deixará, então, de ser o único porta-voz dessa variedade lingüística, como também o único destinatário dos textos falados e escritos, em norma culta, produzidos pelos alunos. Assim, a força desse "interlocutor onisciente" ficará minimizada. A propósito, é importante explicitar o quanto o papel do professor precisa ser redefinido. Vejamos.

Atualmente, o papel do professor tem sido, ao mesmo tempo, de revisor e de destinatário do texto do aluno. Esse estatuto duplo e ambíguo traz conseqüências negativas: é destinatário porque é para ele que o aluno envia seu texto, embora não seja o destinatário pretendido pelo aluno. Nenhum aluno, salvo raras exceções, escreve para o professor, embora todo aluno lhe entregue seus textos. A conseqüência é que a maioria dos textos, senão todos, são textos escritos para destinatário real nenhum, mas sim para um simples arremedo de destinatário[18]. Não é de se estranhar que a maioria dos "textos" não tenha sentido.

Enquanto revisor do texto, o professor é mais uma vez um arremedo. Como se sabe, a tarefa de revisão é uma etapa intermediária entre o autor e o destinatário do texto. A revisão só tem sentido se se pensa no modo como o texto deverá ser apresentado a seu destinatário real. Sem um destinatário real (isto é, sem alguém para quem o texto deveria ser claro e relevante), as anotações feitas pelo revisor tornam-se inócuas, pois não haverá, por parte do aluno, nenhuma motivação para levar tais anotações a sério e refazer seu texto. Com base no perfil do destinatário e no propósito a ser alcançado pelo texto é que são orientadas tanto a ação do revisor quanto a ação do autor, encarregado da reescritura do texto.

Penso que a explicitação do real papel tanto do professor quanto do aluno em relação ao processo de produção poderá evitar esse estado atual de insatisfação e saturação: professor e aluno trabalham e têm ambos a sensação de que nada fizeram. Se destinatários reais fossem sempre requeridos e coubesse ao professor a tarefa de revisor, atento ao perfil do destinatário selecionado, o tipo de revisão seria necessariamente variado, tornando-se claro o limite entre o que seria e o que não seria adequado àquela situação. Como resultado, o próprio aluno, com base no *feedback* fornecido pelo professor, estaria, ele mesmo, aprendendo a rever textos, transformando-se em um revisor exigente e detalhista de sua própria produção.

Feitas essas considerações, retomemos a questão do uso da norma culta. Antes, porém, é importante ressaltar que o resultado da produção lingüística, quer na modalidade oral quer na modalidade escrita, será artificial, isto é, não chegará a ser de fato um texto se (a) se falar/escrever sem ter em mente um interlocutor definido e (b) faltar uma razão de ser do próprio texto, isto é, quando falar/escrever não for relevante para o autor/recebedor. Conforme assinalam Kleiman, Cavalcanti e Bortoni (1993:481), "a interação só é possível quando os participantes estão engajados num esforço cooperativo de construção de um contexto propício para o ensino-aprendizagem, construção esta impossível quando o interesse não está centrado no que o interlocutor tem a dizer, mas na maneira como ele o diz. Se ainda, um dos integrantes acredita que, por causa do poder a ele conferido pela instituição, pode corrigir coercitivamente a fala[/escrita] do outro, então a única resposta possível é aquela que as crianças dão: a resistência".

Capítulo 3 **Do contato com a norma culta na modalidade oral**

Como ter acesso à norma culta nas modalidades oral e escrita? Para responder a esta pergunta, vai-se focalizar a situação de um aluno da classe trabalhadora. Um dos problemas desse aluno, conforme vimos no capítulo precedente, é a posse de uma imagem inadequada do que seja o dialeto padrão, decorrente, em grande parte, de seu pouco contato com os falantes dessa variedade lingüística. Portanto, a pergunta inicialmente colocada deverá ser reescrita como: Como ter contato com falantes da modalidade culta? É disso que trataremos neste capítulo. Antes, porém, vejamos o modo como a questão da norma tem sido tratada.

1. Teoria ou prática?

Se o aluno tem uma imagem inadequada do que seja o dialeto padrão, então o primeiro passo será fornecer-lhes condições para que obtenha uma imagem adequada.

Familiarizá-lo com essa variedade é um importante passo, tendo presente que, enquanto membro da comunidade lingüística, ele já a reconhece como modelo do que seja falar bem.

Há, pelo menos, duas maneiras de levar o aluno a conhecer melhor o dialeto padrão. A primeira é definir dialeto padrão, apresentar dois exemplos claros e assumir que o único contato com a língua culta se dará pela interação aluno/professor. A segunda é colocar o aluno em contato com o dialeto padrão, propiciar oportunidades para que faça uso dessa variedade lingüística. Ambas as maneiras têm sido utilizadas e a primeira tem sido preferida.

E o reconhecido fracasso dos alunos no desempenho das tarefas de ler e escrever mostra o quanto essa opção é inadequada. Vejamos por quê.

Aprender uma definição e memorizar um exemplo só podem levar à repetição da definição, e à identificação e repetição do próprio exemplo e outros afins. O máximo a que se pode chegar é a uma crítica e a um refinamento da definição à medida que enunciados menos típicos forem analisados. E só. Portanto, essa maneira é adequada para aqueles que querem fazer descrição lingüística (e explicação), mas de modo algum é adequada para quem precisa fazer uso de uma variedade lingüística específica.

2. A prática

Consideremos agora a segunda opção, que poderia ser sintetizada como: é usando que se aprende a usar uma língua. O primeiro passo seria estar em contato com a modalidade culta. Onde se pode obter uma situação natural de uso da modalidade culta? Pensemos por alguns instantes no nosso dia-a-dia fora da situação artificial de sala de aula. O que fazemos? Lemos jornais, assistimos à televisão, conversamos com pessoas de diferentes níveis sociais, etc. Em todas estas atividades tomamos contato com variantes lingüísticas diferenciadas. Se nos interessa a língua culta, devemos fazer uma seleção.

A título de exemplificação, consideremos nosso papel de telespectadores[19]. Assistir à TV é algo que, de modo geral, faz parte do cotidiano do aluno e do professor. Eis aí um ponto de contato e interesse comum. Não é difícil citar um programa em que o uso da língua padrão seja típico.

Sabemos que os noticiários televisivos apresentam informações sobre diversos assuntos. Selecionar uma notícia que seja do interesse dos alunos, anotá-la ou registrá-la em fita cassete ou vídeo não é, certamente, uma tarefa difícil ou mesmo desagradável. Uma vez registrada, a notícia poderia ser, então, apresentada e comentada na sala de aula. Desse modo, seria instaurada uma interlocução entre alunos e professor, em dialeto culto, de modo natural, a partir do texto da mídia.

Os seguintes passos poderiam ser seguidos: (a) seleção do texto a ser gravado; (b) transcrição do texto pelo professor; (c) audição do texto original; (d) análise crítica do texto; (e) leitura da transcrição, ouvindo a fita; (f) leitura da transcrição, seguindo ou não o padrão de entoação e pronúncia da fita; (g) redação do texto da notícia ou relatório da atividade realizada na sala naquela aula.

Iniciar pela audição da fita (cassete ou vídeo) facilitaria a tarefa de ler silenciosa e oralmente o texto, uma vez que o aluno, antes mesmo de iniciar a leitura, já teria ouvido o texto subdividido em unidades de sentido, com entoação adequada. Além disso, já teria entendido o texto. Sua atividade de ler já teria sido facilitada, uma vez que sua leitura deveria apenas seguir as "pegadas" já deixadas pelo locutor. A etapa seguinte, que é a discussão da notícia, visará à explicitação do conteúdo informacional e à avaliação desse conteúdo em função da experiência do aluno: seus valores e conhecimento prévio. A etapa de leitura oral num padrão diferente daquele inicial visará a explicitar a força dos traços supra-segmentais e gestuais (qualidade de voz, entoação, expressão do rosto, etc.). Este conjunto de atividades contribuirá para tornar a sala de aula um espaço em que é possível ser flexível, natural, espontâneo, engraçado, etc.

Em aulas subseqüentes, duas versões de uma mesma notícia, veiculadas pela imprensa, poderiam ser comparadas e discutidas. Uma fonte de informações sobre os excessos, encontros e desencontros da imprensa falada e escrita é a seção do *ombudsman*, que aparece nos jornais de grande circulação. Chamar a atenção para a emissora na qual a notícia foi veiculada seria um dos procedimentos que serviriam para alertar os alunos sobre os diferentes pontos de vista a partir dos quais as diferentes redes relatam um mesmo fato. Vejamos abaixo um exemplo:

> Segue aqui uma notícia tal como veiculada em dois telejornais. Leia cada uma das versões e responda às questões 1-5.

NOTÍCIA 1:

Freddie Mercury, vocalista do QUEEN, morreu em 1991, mas deve estar no topo das paradas essa semana em Londres. Saudosismo dos ingleses? Nem tanto! Mágicas da tecnologia digital. O novo disco do Queen com oito músicas inéditas chegou hoje às lojas britânicas. Freddie Mercury gravou as bases vocais poucos dias antes de morrer. Mais tarde os vocais foram colados nos outros instrumentos e o resultado foi este.

O guitarrista Brian May conta que Freddie Mercury sabia que aquelas gravações seriam as últimas. O grupo só gravava quando ele se sentia bem. Músicas como "Muito amor vai te matar" devem ser o "hit" do natal inglês.

SBT, dia 7-11-95, Jornal do SBT.

NOTÍCIA 2:

Os navegantes da Internet foram os primeiros a ver e ouvir na rede mundial de computadores um videoclip e toda a História da Banda QUEEN. E por computador começaram as vendas.

As lojas de discos da Inglaterra abriram hoje concessões especiais para lançamento multimídia de uma fita de vídeo de duas horas: uma caixa com a obra completa da Banda e o novo disco.

Quando foi lançado em fevereiro de 1991, poucos meses antes da morte de Freddie Mercury, o álbum do show "Let's Go One" foi recebido como o último do Grupo QUEEN. Mas o próprio Freddie Mercury se encarregou de fazer o show continuar. Enquanto se preparava para a morte, escrevia e gravava o testamento "Made in Heaven" ('Feito no Paraíso').

Já doente de Aids, Freddie Mercury foi para Montreux, na Suíça, e se instalou perto do estúdio da Banda.

O baixista John Deacon, o baterista Roger Taylor e o guitarrista Brian May ficavam na espera enquanto Freddie escrevia em folhas quadriculadas, em blocos de mensagens do hotel, em qualquer papel que estivesse à mão. Quando se sentia bem, avisava o grupo e passava algumas horas no estúdio. Assim foram gravadas as dez faixas de "Made in Heaven".

O QUEEN estaria completando 25 anos. Quatro anos depois da morte de Freddie, a Banda não quis aparecer nos videoclips sem o líder. Entregou a jovens talentos do cinema inglês a tarefa de manter a tradição de superproduções em duas versões para a música "Heaven Forever" e traduzir para as imagens o sonho de Freddie Mercury de fazer a Terra como o Céu!

Este poderia ser o paraíso para todos: "Este mundo poderia ser alimentado, divertido, livre; este mundo poderia ser um"!

Jornal Nacional, REDE GLOBO, dia 7-11-95.

Questões:
Compare as notícias e responda:
1. *O lançamento atual inclui disco e fita?*
2. *O que recebe mais ênfase na notícia (1)? E na notícia (2)?*
3. *O que cada notícia informa sobre Freddie Mercury?*
4. *Como o disco foi feito?*
5. *Qual das notícias lhe agradou mais? Justifique sua resposta.*

Atividades semelhantes a estas propiciariam o uso efetivo da norma culta e, além disso, chamariam a atenção para aspectos pragmáticos da língua, o que despertaria o senso crítico do aluno enquanto usuário da língua e telespectador de TV. Nem é preciso retomar aqui as desastrosas conseqüências da formação de cidadãos acríticos.

Por fim, seria oportuno lembrar que o material sugerido aqui, isto é, textos de noticiários de TV, é apenas um dos muitos tipos de textos que podem ser utilizados em aula como amostragem do que seja a língua culta brasileira. Adaptando-se o roteiro acima, poderiam ser utilizados textos de entrevistas com intelectuais, fragmentos de documentários sobre ecologia, medicina preventiva, etc.

Iniciar por textos falados é iniciar através de um *medium* sobre o qual o aluno tem mais domínio. Seriam minimizadas, desse modo, as dificuldades de decodificação da escrita no momento da leitura (oral ou silenciosa). O chamado analfabeto funcional[20] poderá participar das atividades e ter sucesso, o que contribuirá para inseri-lo no mundo daqueles que dominam a escrita.

Em resumo, este conjunto de atividades visa a abrir espaço para o uso efetivo da linguagem oral em diferentes situações. A leitura torna-se uma atividade apenas complementar. Devido à variedade dos assuntos abordados, os diferentes alunos terão oportunidade não só de falar a respeito do que mais lhes agrada e interessa, como também de emitir opiniões a respeito, com base em sua experiência. Reconhecer a escola como um espaço em que se pode falar sobre temas de interesse e ser ouvido com atenção e respeito pelos pares é algo que constitui uma aquisição importante na superação dos problemas, apontados na bibliografia recente em relação à escola atual, referidos como "comportamentos e atitudes que levam o aluno ao emudecimento e à indisposição para identificar-se com o ensino institucionalizado"[21].

Vejamos agora, a título de exemplificação, um breve relatório de uma aula de língua materna que teve como objeto de análise um texto veiculado num documentário de TV.

Numa sala de aula de alunos de classe média, 5ª série, os alunos foram convidados a assistir um vídeo de 5 minutos de duração, mais exatamente um documentário de TV com temática adequada a crianças de 11-12 anos e vazado em dialeto padrão (ver anexo I). Rodado o vídeo, alguns breves comentários sobre temática e qualidade técnica foram feitos. Em seguida, foi entregue aos alunos uma transcrição do texto narrado. O vídeo foi então repetido para que os alunos pudessem checar a transcrição, o que exigia leitura rápida e atenta. Depois foi pedido aos alunos que contassem, por escrito, a um colega ausente, como havia sido a aula naquele dia. Por fim, os textos foram entregues ao professor para que fossem encaminhados aos destinatários pretendidos.

A redação 1, abaixo, resultou dessa situação. Comparemos a redação 1 com outra feita pelo mesmo aluno, redação 2, numa situação de sala de aula em que o professor escreveu um título no quadro e pediu aos alunos que escrevessem a respeito.

REDAÇÃO 1:
(1)   Hugo
(2) hoje fizemos uma aula super legal, você deve estar super curioso para
(3) saber o que fizemos vou lhe resumir a nossa aula.
(4)   Assistimos a um documentário sobre o beija-flor muito interessante,
(5) recebemos um texto e
(6) tivemos que consertar os erros, foi muito legal

(7) Aí vai algumas coisinhas interessantes para você sobre o beija-flor
(8) Asas: voa de 4 a 85 vezes por segundo, parecendo que tivesse 4 asas no ar.
(9) Coração: bate 2800 vezes por segundo, ele não bate mas vibra.
(10) Augusto Ruschi: engenheiro agrônomo que colecionou 1800 expécies
(11) de beija-flores das três Américas morreu em 1986 intoxicado pelo
(12) veneno de um sapo.
(13)   Assinado:
(14) tente descobrir
(15) uma pessoa bem próxima de você

REDAÇÃO 2:
(1)   Era uma vez um zoológico que tinham 10 leões, estes leões eram
(2) super bonitos e bem tratados. Todo mundo que ia no zoológico ficava
(3) incantado com a beleza dos leões.
(4)   Teve um certo dia que o jauleiro foi dar comida para os leões e
(5) esqueceu a porta da jaula aberta, então os leões fugiram para a cidade.
(6)   Chamaram a policia ma só que não adiantou nada porque os leões
(7) eram muitos espertos.
(8) passado o tempo os leões foram ficando com raiva e com fome então
(9) eles começaram a matar gente para comer carne.
(10) Passados 2 meses de perseguisão conseguiram pegá-los, então
(11) os leões ficaram feroses e nunca mais eles fugiram. Desse dia em diante o zoológico perdeu a graça.

A diferença de formato entre as redações 1 e 2 parece indicar que a "historinha" é um esquema *"default"*, isto é, na falta de outros, ele é usado. Escrever em formato de carta-relatório (redação 1), que enfatiza o conteúdo informacional, a necessidade de contextualização e a exigência de ser relevante numa interlocução real e natural, parece ter sido uma tarefa mais fácil do que inventar uma "historinha", pois a redação 2 é menos informativa, apresenta hipercorreções (linhas 1 e 4) e ambigüidades (linhas 6 e 10). Embora a redação 1 também apresente problemas, eles não são do mesmo tipo. Um ponto que merece destaque é a semelhança entre o texto do documentário e o da redação: parece ter havido um processo de colagem, o que contribui para dar coesão e coerência ao texto. Por fim, seria importante mencionar que as redações realizadas com base no texto narrado durante o documentário apresentaram, em média, menos erros de coesão e coerência do que a redação que teve como ponto de partida apenas um título[22].

Quanto à extensão, aquelas redações tiveram em média 11 linhas e os textos de redação típica, 14. Outro ponto que merece destaque é o interesse demonstrado pelos alunos ao realizar a tarefa de escrever um texto para um colega com o propósito de contar algo novo. Apareceram ilustrações coloridas, avaliações (por exemplo, "fizemos uma aula super legal") e pequenas brincadeiras (no fim da carta-relatório, houve quem escrevesse "Assinado: Cara que você deu F-117 e que vai ao playcenter"). Estes dados podem ser interpretados como indicação de que a tarefa de escrever foi agradável, que teve como resultado não uma redação escolar mas, sim, algo bem mais próximo do que se poderia chamar de texto.

O experimento acima descrito constitui uma evidência de que o recurso de utilização de textos falados, vazados no dialeto culto, pode contribuir para melhorar a produção escrita dos alunos.

ANEXO AO CAPÍTULO III

Fragmento de texto de noticiário, veiculado pela Rede Globo em maio de 1995, às 21h30.

"mestres de vôos/
bailarinos do ar/
nenhum outro pássaro é capaz de fazer/
o que os beija-flores fazem apenas como rotina/
param no ar/
giram o corpo/
fazem curvas voando de marcha a ré/
manobras que são repetidas a cada segundo/
na busca incessante do alimento/
o néctar das flores/
para fazer tudo isso/
o menor e mais leve pássaro do mundo/
ganhou da natureza formas especiais/
asas que podem bater de quatorze a mais de oitenta vezes/
em um só segundo/
é tanta rapidez que/
às vezes/
parece que os beija-flores parecem ter quatro asas batendo ao mesmo tempo/
o recordista de velocidade nas asas pesa apenas dois gramas/
o califlox ametistina/
o barulho que faz quando voa lhe deu um apelido mais simpático/
besourinho (...)"

Obs.: É intencional a apresentação do texto sem pontuação e sem letras maiúsculas num primeiro momento. Assim, a atenção do aprendiz será guiada para o material escrito de modo a concebê-lo como codificação de unidades de sentido, unidades estas que a posterior pontuação servirá para sinalizar, deixando-as claras e evidentes. A importância da pontuação deverá se fazer sentir.

Capítulo 4   **Do uso da norma culta na modalidade escrita**

No capítulo anterior foram sugeridas atividades cuja realização exigia, complementarmente, a leitura e a escrita, enquanto a fala e a audição ocupavam posição central. No presente capítulo, um ponto de vista distinto será adotado: são as atividades de leitura e escrita que ocuparão posição central, o que, por sua vez, vai implicar a seleção de textos de três tipos: (a) peças de teatro, (b) notícias de jornal e (c) instruções de uso contidas em manuais de modo geral, bulas de remédio, etc. Passemos, então, a propostas de exercícios de produção de texto em sala de aula, utilizando esse material.

1. Peças de teatro

Inicialmente, tomemos como objeto de estudo um texto de peça de teatro. Tal texto, embora seja produzido para ser falado (dialogado, quase sempre), é em essência um texto escrito, por ser codificado em períodos e parágrafos, usar sinais de pontuação e ser vazado em ortografia usual. Dada tal especificidade, esse tipo de texto servirá para ser lido tanto oralmente como silenciosamente.

Há peças de teatro cujo texto pode ser classificado como exemplo de linguagem coloquial e outras, de linguagem formal. Lidar com ambos os estilos constitui um recurso útil para se desenvolver a habilidade de usar a língua padrão.

Dada uma peça de teatro de interesse dos alunos, pode-se, num primeiro momento, fazer uma leitura dramática. Depois de lido o texto e resolvidas as dúvidas relativas ao vocabulário, por consulta ao dicionário e/ou consulta a diferentes interlocutores, um fragmento da peça poderá ser entregue aos alunos para:

(a) ser reescrito de modo a transformar a fala de um personagem do século XIX na fala de personagem do século XX, atualizando o vocabulário e a sintaxe;
(b) ser reescrito em forma de texto corrido o que era um diálogo e vice-versa;
(c) ser alterada a seqüência de ações, sem que o episódio seja alterado;
(d) ser reescrito de modo a transformar a fala de um homem na fala de uma mulher, a fala de um velho na de um jovem, a de um herói na de um vilão[23].

As atividades (a)-(d) pretendem propiciar ao aluno a oportunidade de elaborar um novo texto, tendo de lidar, de cada vez, com apenas um número relativamente pequeno de variáveis do conjunto das inúmeras variáveis envolvidas no processo de produção de texto. No item (a), a referência à complexa instrução de atualizar o vocabulário e a sintaxe pode dar lugar a uma instrução mais simples, tal como "reescreva esse diálogo na linguagem atual" ou "faça uma adaptação dessa cena de modo a ter como cenário a cidade do Rio de Janeiro de hoje". Em (b), a "tradução" de um diálogo em texto corrido implicará a utilização de diferentes recursos de encadeamento de orações, propiciando uma boa oportunidade para o aluno treinar sua habilidade de estruturar períodos. O item (c), ao solicitar alterações de foco narrativo e de ações, exigirá o uso de diferentes pessoas, tempos e modos verbais. O acréscimo de novos personagens ou alteração do perfil de um personagem, referidos no item (d), exigirá reestruturações do conteúdo propriamente dito, o que irá requerer imaginação e criatividade. Por exemplo, suponhamos que se tome como objeto de análise a descrição detalhada das vestes de um homem de meia-idade e se solicite que esse personagem seja substituído pelo de uma mulher da mesma idade.

Ressalte-se que os textos selecionados deverão ser de interesse dos alunos, o que significa estarem de algum modo vinculados à sua realidade, devido a sua temática ou por estarem sendo (ou terem sido) objeto de crítica em jornal ou adaptados para cinema ou TV.

2. Notícias de jornal

As notícias de jornal são, em sua maioria, vazadas em língua padrão. Os assuntos são variados. Ter familiaridade com textos de jornal significa ter superado um forte obstáculo ao acesso à informação e, indiretamente, à língua culta. Para a maioria dos jovens, a leitura de jornal constitui uma tarefa enfadonha e desinteressante. O primeiro passo da escola será mudar essa imagem. Alguns caminhos podem ser apontados.

Consideremos o comportamento de um leitor assíduo de jornal. Ele pega o jornal diariamente, passa os olhos por todas as manchetes, seleciona apenas as que são de seu interesse estrito e passa à leitura das respectivas matérias. Há um certo prazer em ter o jornal em mãos e não ser obrigado a ler cem por cento do que está escrito. Há também o prazer de descobrir novidades e saciar a curiosidade em relação a detalhes sobre notícias já veiculadas anteriormente em rádios e TVs. Manter todas estas fontes de interesse é algo essencial quando se vai utilizar o jornal na sala de aula.

Dado o baixo custo desse material, seria aconselhável que os alunos pudessem manusear jornais completos e selecionar, num primeiro momento, só as manchetes que fossem de seu interesse. Num segundo momento, poderiam ler superficialmente algumas matérias e recortar aquelas (ou aquela) sobre as quais gostariam de fazer comentários aos colegas. Num terceiro momento, o material selecionado poderia ser recolhido pelo professor e utilizado em sala de aula para diversas atividades. Algumas aparecem nos itens (a)-(e), a seguir[24]:

(a) ser objeto de relato aos colegas;
(b) ser objeto de avaliação por parte de quem selecionou (por que essa matéria foi selecionada? quem leu ou ouviu algo a respeito do que foi tratado nessa matéria? Você concorda ou discorda do articulista/repórter/colunista? Por quê? etc.);

(c) ser objeto de reescritura do conteúdo: reescrever a notícia alterando-se o número de personagens envolvidos, local do evento, etc.;

(d) ser objeto de reescritura de elementos formais: reescrever alterando a ordem dos parágrafos, a ordem dos períodos, a pontuação;

(e) ser objeto de jogos e competições: pedir aos alunos que preparem para um colega uma versão do texto que se distinga do original em apenas um dos seguintes itens: (i) falta paragrafação; (ii) falta pontuação; (iii) falta letra maiúscula; (iv) há troca de letras, etc. O colega será desafiado a desvendar os mistérios. O próprio aluno fará a avaliação da tarefa. O professor fará comentários sobre o desempenho de ambos, mostrando os espaços em que pode haver variação de um redator para outro.

Segue aqui um exemplo de atividade do tipo (a).

Foi solicitado a alunos de graduação que selecionassem uma notícia veiculada em jornal ou revista, lessem a notícia em casa e narrassem o que leram aos colegas. A narração foi gravada e transcrita, resultando nas versões abaixo enumeradas.

Ambos os textos foram então objeto de análise e discussão.

Texto 1: Revista Isto É/Senhor, de 24/10/90

"Sob o signo da morte
Desvendar o mistério do suicídio entre os índios kaiowá, sob a ótica da própria cultura kaiowá, é um desafio. As causas objetivas que estão associadas ao ato do suicídio são facilmente observáveis. Mas extrair o significado do gesto de se matar é uma tarefa muito complexa. O primeiro trabalho de que se tem notícia sobre o problema foi produzido pela antropóloga Marta Maria Azevedo, que viveu na aldeia durante três anos, entre 1978 e 1981, o que lhe permitiu, já naquela época, vivenciar o problema do suicídio na aldeia.

Partindo de uma análise do que é a vida e a morte para os índios kaiowá, ela chegou à conclusão de que o ato voluntário de morrer "exprime a vida de outro modo, não qualquer vida, mas uma determinada maneira de viver". O suicídio seria, então, uma forma de afirmar o "jeito de ser" dos kaiowá. Marta Maria concluiu seu trabalho em agosto de 1987, quando o suicídio na aldeia ainda não havia assumido as proporções de agora. Na visão dela, o suicídio é um sintoma dos problemas que atingem a aldeia, mas também "um ato com vontade própria, onde se dá um julgamento total sobre o valor da vida".

Há um dado, entretanto, que evidencia um aspecto inquietante para o destino dos kaiowá. Os suicídios ocorrem sem que as lideranças demonstrem capacidade de interferência no processo. Na tradição kaiowá, os caciques, os mais velhos, tinham um forte poder de aconselhamento frente aos problemas dos demais. Uma briga entre marido e mulher, que hoje provoca suicídio, era contornada pelas lideranças.

A psicóloga Maria Aparecida Costa Pereira, que desenvolve um trabalho de avaliação das causas do suicídio e de fortalecimento das lideranças, revela em um documento encaminhado à presidência da Funai que entre as lideranças há o receio de que os suicídios venham a se tornar uma espécie de epidemia, atingindo coletivamente a aldeia. "Eles se matam para não morrer", interpreta Maria Aparecida. "Sendo assim, o suicídio dos kaiowá é um salto para a vida. Um ato que, em sua simbologia, está carregado de um dramático protesto contra a sua agonia."

Texto 1': Texto falado

Maria Aparecida é uma antropóloga
a pesquisadora Maria Aparecida
ela fez uma pesquisa
entre 78 e 81
ela viveu na tribo dos kaiowá
ela fez mais...uma pesquisa
porque estava havendo suicídio
entre os kaiowá
mais ela tava querendo estudar isso
porque...
como a visão deles
então
ela viveu os três anos lá
para terminar o trabalho dela
ela...constatou que... que...
eles estão
o número de suicídio tem aumentado
porque... pra eles
o suicídio é uma...
é um salto para a vida o suicídio
porque a vida pra eles
tá piorando assim...
tá piorando demais
só isso

Questões:
1. Qual das versões é mais informativa? Justifique sua resposta.
2. Há contradições entre os dois textos? Quais?
3. O texto 2 sintetiza a opinião dos caciques, da antropóloga ou da psicóloga? Justifique sua resposta.

3. Leitura e compreensão de instruções

Trabalhos de análise de provas de vestibular mostram que ao final do segundo grau o aluno ainda não consegue fazer o que lhe é solicitado no cabeçalho das questões. Conforme assinalam Santos e Valle (1987: 72)[25], este seria um dos motivos pelos quais o aluno é reprovado.

Ler e compreender instruções é um tipo de uso freqüente e decisivo da leitura não só na escola como também no cotidiano, e principalmente nele. Tanto operários quanto profissionais liberais estão sempre lidando com novos equipamentos, instruções relativas à segurança, etc. Mesmo uma dona de casa precisa ter à mão um livro de receitas, um manual de primeiros socorros, etc. Nem é preciso lembrar das bulas de medicamentos. Portanto, a leitura de instruções constitui uma habilidade que a escola tem o dever de desenvolver.

Tanto leitura e compreensão desses textos quanto sua produção são faces de uma mesma moeda. Conjugar estas atividades parece ser um meio de alcançar algum progresso no sentido de minimizar esse problema tão visível. Seguem abaixo algumas sugestões:

(a) fazer uma lista das regras de um jogo conhecido;
(b) redigir instruções de uso de aparelho eletrônico (rádio, gravador, etc.). O importante é ser algo conhecido pelos alunos, algo de seu cotidiano;
(c) ler instruções e realizar ações na ordem prescrita (seqüência de ações a serem realizadas na própria sala de aula, cuja execução seja acompanhada pelos pares);

(d) ler e traduzir instruções em manuais de aparelhos eletrônicos;
(e) ler bulas de remédio, recomendações relativas à saúde, etc.;
(f) ler roteiros de viagem e traçar o trajeto em mapas, etc.

Exemplo:
Foi solicitado ao aluno que formulasse dez instruções de como jogar sinuca. As instruções foram lidas e seguidas passo a passo, numa dramatização do jogo. As omissões da lista foram observadas e a lista refeita. Seguem abaixo as duas versões da lista de instruções:

1ª versão:
"1. Você tem que saber as regras.
2. Colocar as bolas em forma triangular.
3. Definir com seu parceiro o modo de jogar.
4. Ter firmeza no taco.
5. Dar a tocada com cuidado.
6. Observar a condução do taco.
7. Não apelar.
8. Saber ganhar e perder.
9. Jogar com paciência.
10. Ter cuidado na hora de colocar a bola para não ter nenhum acidente." (MVB, 15 anos, 8ª série, escola pública de Belo Horizonte.)

2ª versão:
"1. Você deve colocar a bola branca na mesa (a bola branca é como um coringa. Você a utiliza para matar as outras bolas) em uma meia-lua que estava desenhada ao sul da mesa.

2. Em seguida, você deve colocar as outras quinze bolas restantes em um triângulo que estará desenhado no norte da mesa.
3. Você deve aprender a pegar no taco, de modo que você sinta melhor para jogar.
4. O jogo de sinuca baseia-se em matar suas bolas (ímpares ou pares) de modo que seu oponente fique com apenas uma ou mais bolas na mesa.
5. Com a bola branca você deve mandá-la nas outras, de modo com a mira sendo a casapa.
6. Ganha o jogador que conseguir matar suas bolas primeiro." (MVB, 15 anos, 8ª série, escola pública de Belo Horizonte.)

Capítulo 5   Da transcrição de textos falados

O estudo da modalidade oral constitui um objeto novo no ensino da língua materna. Esse caráter de novidade, conforme inicialmente mencionado, assegura por si só uma predisposição favorável à utilização desse material em atividades didáticas cujo objetivo é tornar o aluno um usuário do padrão culto oral e escrito. É também importante ressaltar que a espontaneidade, vivacidade e multiplicidade de situações de uso da língua falada, das quais serão extraídos os dados a serem analisados, certamente contribuirão para aguçar a curiosidade do estudante.

A investigação científica tem revelado uma riqueza de aspectos até bem pouco tempo nem sequer imaginados. Descobertas concernentes à estrutura da gramática, ao processamento mental e à interação social têm contribuído para permitir um conhecimento mais amplo da faculdade da linguagem[26].

Neste capítulo iremos sugerir um conjunto de normas para transcrição e atividades de "tradução" de textos falados em textos escritos, enfocando traços formais que podem ser caracterizados como especificidades da língua falada em contraposição às marcas da língua escrita. Nosso propósito é fornecer um conjunto de atividades de uso da língua numa escala gradual de dificuldade.

Estamos concebendo o texto falado como o retrato ou a explicitação de diferentes etapas de um processo mais geral de produção de textos. Estamos assumindo o pressuposto de que a produção de textos, quer falados quer escritos, apresenta um processo comum; o resultado ou *output* do processo é que varia em decorrência da atuação de variáveis distintas. Desse modo, o texto falado explicitaria etapas que, no texto escrito, ficariam implícitas; o texto escrito explicitaria, por sua vez, etapas implícitas do texto falado. A partir desse ponto de vista, as diferenças entre textos falados e textos escritos, apresentadas na bibliografia especializada, poderiam ser analisadas como pistas para se chegar ao processo abstrato de construção/produção subjacente a ambos.

Será utilizada como base teórica uma tipologia, apresentada em Castilho (1994), segundo a qual três processos se manifestariam na língua falada: os de construção, reconstrução e descontinuação, definidos respectivamente nos itens (a)-(c), abaixo:

(a) A construção é um processo discursivo central por meio do qual construímos as unidades discursivas.
(b) A reconstrução [decorre das] diferentes iniciativas pragmáticas para alimentar a interação. Os recursos de repetição (isto é, reiteração do mesmo item lexical) e paráfrase (recorrência do conteúdo sem a repetição do item) são típicos.

(c) A descontinuação [decorre do fato de] locutor e interlocutor assumirem a co-autoria do texto, que vai sendo gerado numa forma interacional, obrigando ambos a uma sorte de coprocessamento sintático (cf. Blanche-Benveniste, 1986:91). O resultado é um texto com unidades discursivas de tópico não lexicalizado, elipses, falta de adjacência estrita entre verbo e complementos, e anacolutos. Em conjunto, esses fenômenos tornam fragmentária a sintaxe do texto.

Nosso interesse em descrever e exemplificar cada processo decorre da suposição de que atividades que levem o aluno a refletir como se constroem textos falados poderão ser um instrumento útil para avaliar/revisar textos escritos, de modo a centrar sua atenção sobre "sintaxe fragmentada", redundâncias, elipses, ambigüidades, fragmentação de tópicos discursivos, etc.

Centrando a atenção sobre o processo de construção, seremos levados a registrar graficamente o texto em três colunas, tal como aparece abaixo (cf. Castilho, *op. cit.*):

(i) *Margem esquerda*	*Núcleo*	*Margem direita*
ah	isso evidentemente que influenciou	entende?
	ainda mais porque nós somos israelitas	entende?
	é um tipo de cultura muito diferente	sabe?[27]

Vê-se aqui a construção do texto. O marcador "ah" e seus correlatos ("bom...", "por exemplo", "quer dizer", "eu acho/penso que", "seguinte", "primeiramente", "depois", etc.) tematizam discursivamente a unidade, funcionando como um ponto de partida interacional. O núcleo da unidade discursiva tem um papel informacional nas sentenças.

A identificação das margens direita e esquerda acentua diferenças de modalidade, permitindo evidenciar de pronto o que chama mais a atenção quando se contrapõem textos falados e escritos. As seqüências que ocupam a posição central podem ser identificadas como as que desenvolvem o tópico discursivo. Essa porção de texto poderá ser tratada separadamente, conforme veremos mais adiante.

Para exemplificar o processo de reconstrução, consideremos o fragmento abaixo:

(ii) peixe
    peixe aqui no Rio Grande do Sul
    eu tenho impressão que se come peixe exclusivamente na Semana Santa

Aqui o nome *peixe* aparece inicialmente na posição de tópico e reaparece na posição de objeto direto. Essa "migração" sintática pode ser descrita como uma recategorização: um sintagma nominal, que é tópico discursivo, passa a ser um constituinte da sentença, desempenhando uma função sintática.

Consideremos agora o seguinte fragmento, que exemplifica o processo de descontinuação:

(iii) L1: mas como está demorando hoje... hein?
    L2: só: :... e quando chega... ainda vem todo sujo... fedorento
    L1: isso sem falar no preço... que sobe todo mês... sem nenhuma vantagem pra gente...

Devido ao acesso a informações contextuais, os interlocutores não sentem necessidade de lexicalizar o tópico da conversa, no caso, trata-se do serviço de ônibus. Sem contextualização, diferentes sentidos podem ser atribuídos à passagem transcrita em (iii).

Como se pode ver, o processo de reconstrução dota a língua falada de uma sintaxe vertical. Além disso, enquanto fenômeno pragmático, alimenta o diálogo; enquanto fenômeno textual, tem um papel coesivo aditivo; e enquanto fenômeno semântico, serve para especificar/generalizar, expandir/sintetizar, atenuar/enfatizar os argumentos do texto (ver Fuchs, 1982; Fávero-Urbano, 1989; Hilgert, 1989). Por fim, o processo de descontinuação decorre do fato de locutor e interlocutor assumirem a co-autoria do texto, que vai sendo gerado numa forma interacional, obrigando ambos a uma sorte de coprocessamento sintático (cf. Blanche-Benveniste, 1986:91). O resultado é um texto com unidades discursivas de tópico não lexicalizado, elipses, falta de adjacência estrita entre verbo e complementos, e anacolutos. Em conjunto, esses fenômenos tornam fragmentária a sintaxe do texto (cf. Castilho, *op. cit.*).

Considerando os processos descritos acima, algumas diretrizes podem ser definidas no que diz respeito à transcrição de textos. As transcrições precisam retratar visualmente a sintaxe vertical, que evidencia o processo de reconstrução. Precisam também deixar em aberto o espaço onde houve elipes em geral e ainda a divisão do texto entre elementos de interação discursiva e as seqüências tematicamente encadeadas.

Desse modo, as seguintes notações[28] poderão ser utilizadas:

Fenômeno	Sinal gráfico
pausa	mudar de linha
prolongamento	: :
interrupções da oração, truncamentos	/
interrogação	?
operadores discursivos[29]	margem esquerda
elementos de interação com o interlocutor	margem direita
orações tematizadas	posição nuclear

É claro que tais notações vão retratar apenas parcialmente os múltiplos traços que sinalizam a língua falada, mas ainda assim poderão ser um instrumento útil na identificação dos fenômenos relevantes. A correlação pausa/mudança de linha permitirá visualizar a sintaxe vertical. Ainda que nem todas as pausas sejam captadas na transcrição e nem toda fronteira sintática seja marcada por pausa, esse recurso permitirá fragmentar o texto falado em seqüências curtas, o que contribuirá para distinguir, de modo claro, sua configuração daquela que é típica do texto escrito. A identificação das margens direita e esquerda acentuará estas diferenças e permitirá identificar de pronto um conjunto de marcas que mais chama a atenção quando se contrapõem textos das duas modalidades. Quanto à notação de alongamento, esta permitirá ressaltar um dos elementos do componente supra-segmental, componente este peculiar à língua oral. Finalmente, o registro gráfico das interrupções, ainda que capte apenas um subconjunto dos diversos tipos de quebra das estruturas sintáticas, permitirá pôr em destaque o processo de reconstrução, o que na produção do texto escrito é omitido pelo ato de reescritura.

Feitas estas considerações de ordem técnica, passemos àquelas de ordem operacional. No que diz respeito à utilização do texto falado como objeto de estudo na sala de aula, começar por uma transcrição causaria talvez mais impacto e por isso seria mais atraente. Entretanto, dada a complexidade envolvida na tarefa de transcrição, o mais aconselhável será começar com transcrições já prontas e pedir aos alunos que identifiquem unidades de sentido, acrescentem marcas referentes a certos traços entoacionais mais visíveis ou mesmo que "traduzam" o texto falado (isto é, fragmentos ainda bem curtos) em textos escritos. Estes exercícios levarão o aluno a desenvolver a habilidade de fazer revisões. Também o levarão a tomar conhecimento das exigências do texto escrito, pela prática. Eventualmente, os alunos poderão chegar a conclusões e generalizações de caráter teórico, o que deverá ser anotado pelo professor e, posteriormente, ser objeto de teste e aprofundamento teórico, contribuindo assim para despertar no aluno o interesse pela reflexão teórica.

Seguem aqui algumas sugestões de atividades didáticas:

a) Na sua opinião, para que servem os itens *entende*, *sabe* em (i)?

b) E para que serve o *ah*?

c) Um texto é sempre um espaço de interlocução, que poderia ser descrito, *grosso modo*, como uma conversa entre dois ou mais interlocutores. Em (i) os interlocutores estão face a face ou talvez num telefone. A resposta à pergunta *entende* certamente não é "entendo" mas um gesto facial.

(i) ah isso evidentemente que influenciou   entende?
   ainda mais porque nós somos israelitas entende?
   é um tipo de cultura muito diferente   sabe?

c1) Que outros itens podem desempenhar a função do item *entende* numa conversa?

c2) Quando a interlocução não é face a face, o que realiza a função do item *entende*?

c3) Reescreva o texto (i), suprimindo os itens de interação discursiva, colocando maiúsculas onde necessário, e pontue.

c4) O texto resultante está meio estranho, não é? Assinale as palavras que parecem ou estar sobrando ou ter sido escolhidas inadequadamente. Agora reescreva novamente o texto.

c5) Compare seu texto (isto é, aquele produzido sob as orientações de (c4)) com o texto abaixo. Qual deles você acha que poderia ser apontado como um texto escrito típico? Por quê?

(ii) É evidente que isso influenciou, e influenciou ainda mais porque somos israelitas, o que significa ter um tipo de cultura muito diferente.

c6) Em (ii), o item *isso* se refere a quê?

Ouçamos a fita (ou examinemos o texto) para identificar qual o tópico discursivo desse fragmento de conversa.

Pelas atividades c1-c6 foram introduzidos três termos técnicos (interação face a face, itens de interação discursiva, tópico discursivo). Chamou-se a atenção sobre o uso de sinais gráficos típicos da escrita, mais exatamente a pontuação e maiúsculas. (Veja-se que a simultaneidade da instrução levará o aluno a associar o uso de ambos os recursos.) Ao solicitar a reescritura do texto, avaliando a adequação do vocabulário e estrutura gramatical (liberdade, flexibilidade e ainda a inserção de informações que haviam ficado elípticas), estarão sendo realizadas tarefas que contribuirão para tornar o aluno um revisor de seu próprio texto.

Antes de passar adiante, vamos a uma nota sobre a questão da escala gradual de dificuldade, mencionada na introdução deste capítulo.

Partir da transcrição de um texto falado, produzido por um falante culto numa situação formal, é uma tarefa mais fácil do que partir de um texto falado, produzido por um falante do dialeto não-padrão. Na fala desse último serão encontradas mais marcas não-padrão do que na fala do primeiro.

O processo que se inicia com a transcrição do texto falado e termina com o registro desse texto nos moldes da escrita inclui diferentes etapas, exemplificadas no decorrer deste capítulo. Tal percurso poderia ser descrito como um conjunto de operações ordenadas, conforme formulação de Marcuschi (1994): "(1) eliminação de marcas estritamente interacionais e expressões hesitativas; (2) introdução da pontuação; (3) eliminação das repetições, redublicações, redundâncias; (4) introdução da paragrafação sem modificação da ordem dos tópicos discursivos; (5) introdução de marcas metalingüísticas para referenciação de ações e verbalização de contextos expressos por dêiticos; (6) reconstrução de estruturas truncadas, mudanças de ordem sintática e tratamento do encadeamento sintático; (7) tratamento estilístico com seleção de novas estruturas sintáticas e novas opções léxicas; e (8) reordenação tópica do texto e reorganização da seqüência argumentativa."[30]

Segue abaixo uma exemplificação desse processo. O texto original foi extraído de uma entrevista com informante de 1º. grau, sexo feminino, 26 anos, natural de Belo Horizonte.

TEXTO ORIGINAL:
"quand'eu comecei a estudar/ tinha sete anos/ aliás seis/ no pré/ comecei a estudá/ sabe como é que é/ né/ eh.../ eu sempre fui mei... com medo/ então nunca tinha estudado né/ fiquei com medo/ aí no primeiro dia de aula/ minha irmã falô/ Piedade/ vão pra aula/ aí eu virei e falei assim/ vamos/ fiquei toda intusiasmada"

OPERAÇÃO 1:
"quand'eu comecei a estudar/ tinha 0 0 0 seis/ no pré/ comecei a estudá/ 0 0 0 0 0 0 0 eu sempre fui mei... com medo/ então nunca tinha estudado 0/ fiquei com medo/ aí no primeiro dia de aula/ minha irmã falô/ Piedade/ vão pra aula/ aí eu virei e falei assim/ vamos/ fiquei toda intusiasmada"
Obs.: Foi marcado com zero o local das supressões.

OPERAÇÃO 2:
"Quand'eu comecei a estudar, tinha seis. No pré, comecei a estudá. Então nunca tinha estudado. Fiquei com medo. Aí no primeiro dia de aula, minha irmã falô:
– Piedade, vão pra aula. Aí eu virei e falei assim:
– Vamos! – Fiquei toda intusiasmada."
Obs.: Além da pontuação, foram incluídas letras maiúsculas.

OPERAÇÃO 3:
"Quand'eu comecei a estudar, tinha seis. No pré. Eu sempre fui com medo. Então nunca tinha estudado. Fiquei com medo. Aí no primeiro dia de aula, minha irmã falô:

– Piedade, vão pra aula. Aí eu virei e falei assim:
– Vamos! – Fiquei toda intusiasmada."

Obs.: A opção escolhida para omitir foi a primeira ocorrência da repetição, e não a segunda, na seqüência "eu sempre fui com medo/fiquei com medo".

OPERAÇÃO 4:
"Quand'eu comecei a estudar, tinha seis. No pré. Eu sempre fui com medo. Então nunca tinha estudado. Fiquei com medo.
Aí no primeiro dia de aula, minha irmã falô:
– Piedade, vão pra aula.
Aí eu virei e falei assim:
– Vamos! – Fiquei toda intusiasmada."

OPERAÇÃO 5:
"Quand'eu comecei a estudar, tinha seis anos. No pré. Nunca tinha estudado. Fiquei com medo.
No primeiro dia de aula, minha irmã falô:
– Piedade, vão pra aula.
Eu falei:
– Vamos! – Fiquei toda entusiasmada."

OPERAÇÃO 6:
"Quand'eu comecei a estudar, tinha seis anos. Foi no pré. Nunca tinha estudado. Fiquei com medo.
No primeiro dia de aula, minha irmã falô:
– Piedade, vão pra aula.
Eu falei:
– Vamos! – Fiquei toda entusiasmada."

OPERAÇÃO 7:
"Quando eu comecei a estudar, tinha seis anos. Foi no pré. Nunca tinha estudado. Fiquei com medo.

No primeiro dia de aula, minha irmã falou:
– Piedade, vamos para a aula.
Eu falei:
– Vamos! – Fiquei toda entusiasmada."

Obs.: Como "opção léxica" considerei o não registro gráfico dos processos fonológicos: "quand'eu/quando eu", "pra/para", "falô/falou" e "intusiasmada/entusiasmada". Considerei também o uso de "vão" por "vamos". Certamente estas substituições poderiam ser consideradas uma nova operação, a de número 9.

OPERAÇÃO 8: (Não se aplica nesse fragmento.)

Apresentado o exemplo, passemos ao capítulo seguinte, ressaltando o caráter lúdico destas operações.

Capítulo 6 **Erros de redação revisitados**

Erros de concordância, pontuação, acentuação, ortografia, coesão, coerência, regência e vocabulário são rotineiramente tratados em manuais de redação. Neste capítulo retomaremos cada um desses tipos de erros e o reanalisaremos. Reanalisar significa aqui apresentar uma nova maneira de conceber e tratar cada um.

Serão oito o número de seções que irão compor o presente capítulo. Passemos então à primeira.

1. Concordância

A ausência de concordância verbal e nominal é geralmente reconhecida como decorrente do "desconhecimento do padrão culto ou das normas oficiais que regem o emprego da língua"[31]. Geralmente assume-se que quem erra na concordância não domina o padrão culto. Dois exemplos de erros de concordância seriam "Os meninos chegou cedo" e "Falta três alunos só".

Veja-se que tal análise é bastante radical, visto que mesmo as pessoas cultas empregam a regra de concordância variavelmente em sua fala, conforme mostram os estudos sociolingüísticos[32]. É claro que há diferenças entre falar e escrever. E na escrita a ausência de concordância é muitíssimo menos tolerada, chegando mesmo a não ser tolerada de modo algum. É a consciência dessa avaliação social que leva o falante culto a rever seu texto, observando a concordância. Por que não ensinar ao aluno essa tarefa de bastidores do processo de escrita?

1.1 Reanálise do problema

Inicialmente é oportuno retomar que a tarefa de dominar o padrão culto é um dos objetivos da escola e que a utilização correta da regra de concordância é uma marca do padrão culto.

Sem perder de vista que a relação entre fala e escrita é um *continuum*, podemos tratar a ausência de concordância como um fenômeno variável, chamando a atenção do aprendiz para a possibilidade de poder refazer os enunciados aplicando a regra.

Sendo a ausência de concordância mais tolerada na fala, seria importante observar a presença desse fenômeno nessa modalidade e pedir aos alunos que façam comentários e substituições pela forma padrão. Por exemplo, apontar as diversas formas variantes, tais como:

(i) eles comeu
(ii) eles comero
(iii) eles comeram

Em seguida, observar esse fenômeno na fala de pessoas menos instruídas. Apenas num terceiro momento é que o fenômeno seria observado em textos escritos. Familiarizar o aluno com o padrão culto oral e escrito parece ser uma etapa importante para evitar os erros de concordância.

1.2 Atividades

a) Leia a notícia abaixo, veiculada no jornal *Folha de S. Paulo*, no dia 28-11-95, sobre futebol.

"Jogadores ameaçados exigem uma definição
    Os jogadores do São Paulo, ameaçados pela reformulação que o clube promoverá, exigem uma definição por parte da diretoria.
    Eles querem saber, antes de iniciarem as férias, na próxima segunda-feira, se permanecem ou não no time em 1996. O clima é de desânimo e insegurança.
    (...) Vários jovens jogadores, revelados pelo São Paulo, serão emprestados porque não estão sendo utilizados pelo técnico Telê Santana."

Esta notícia faz referência a vários jogadores. Reescreva-a, fazendo referência a apenas um jogador. Antes de reescrever, faça as alterações necessárias.

b) Vejamos aqui uma história narrada por um adolescente de 15 anos, residente na periferia de Belo Horizonte. Leia-a e circule as palavras grifadas que retratam inadequadamente a participação de *dois* personagens. Substitua-as por palavras adequadas.

> "*foi* na pracinha aqui atrás do Cristina
> *tava* tendo festa lá
> aí *veio dois caras* na moto
> aí *chegou* um Chevette
> e *bateu*
> *os cara* lá *caiu* lá
> *teve* fratura exposta
> o outro *teve* fratura também
> aí *levaram* eles pro hospital"

c) Vou contar alguns episódios e vocês vão me dizer quantos personagens estão envolvidos: um ou mais de um. Justifique sua resposta.

1. Estávamos todos assentados no banco de trás quando o carro capotou.
2. Saíam cedo e voltavam muito tarde, só podiam conversar um pouco quando se refestelavam em suas cadeiras de balanço.
3. Dormia, comia e nunca dizia nada.

1.3 Tipos de erros de concordância

(1) Concordância de número. Exemplo:

> "Os leões são bravos e se estiverem com fome *é até capaz* de comer qualquer animal."
>
> (DA, 5ª série.)

(2) Concordância de gênero. Exemplo:

> "São encontradas *um total* de 20 ocorrências."
>
> (AFN, graduação.)

(3) Concordância de tempo e modo verbais. Exemplo:

"Se eu *poderia* ter um leão, eu logo *despachava* a minha cadela, a Baby."
(MAF, 5ª série.)

(4) Marca de concordância em palavras invariáveis. Exemplo:

"Eles nascem lá e assim *nuncam* saíram do zoológico."
(LBM, 5ª série.)

Veja-se que os erros (1)-(4) não ocorrem aleatoriamente. Há sempre um fator de dificuldade além da concordância. Em (1) é a proximidade com outra estrutura do tipo: "os leões são bravos e se estiverem com fome, é até capaz (= é provável) que comam qualquer animal." Em (2) aparece a ordem não canônica predicado-verbo. Em (3) o par pudesse/despacharia aparece como poderia/despachava. Em (4) se nota um paralelismo curioso: a maioria das palavras terminam com "m".

2. Pontuação

Até aqui focalizamos a importância do uso efetivo da variante padrão oral e do respeito às diferenças lingüísticas. Consideremos agora um outro aspecto do processo de produção de textos: o reconhecimento do caráter essencial do uso de um sistema de notações para registro gráfico de textos.

Nas redações escolares, os chamados erros de pontuação são muito freqüentes e, quase sempre, acarretam problemas de coerência. Por vezes, são diagnosticados como interferência da oralidade na escrita. Vejamos um exemplo:

> (1) Joana, minha grande amiga é uma pessoa incrível (exemplo extraído de Pécora, 1983:26)

O comentário do avaliador é o seguinte:

> (2) "há utilização incorreta dos sinais de pontuação. Portanto, mais uma vez, trata-se de um problema cuja fonte é o desconhecimento das normas básicas que regulam o processo de significação na modalidade da escrita. [No caso concreto dessa oração, a vírgula] impede que a oração se complete, uma vez que dissocia o processo de predicação de seu virtual sujeito." (*idem, ibidem.*)

Em (1), o predicado tem como sujeito o sintagma "minha grande amiga" e o sintagma "Joana" é interpretado como um vocativo. No texto, entretanto, os itens "Joana" e "minha grande amiga" são co-referentes. Portanto, a pontuação acima levou a um problema de coerência, conforme se depreende do comentário (2).

Explorando a vinculação entre pontuação e coerência, seria útil o professor/revisor do texto solicitar justificativas do aluno quanto à pontuação utilizada. Em outras palavras, o professor estaria tratando o texto do aluno não como um pretexto para correções e sim como o resultado de uma atividade responsável e individual, tal como qualquer leitor trataria qualquer texto.

Os pressupostos de que a pontuação tal como aparece no texto está correta e que representa uma escolha/decisão intencional do autor são assumidos pelos leitores em geral em relação aos textos em geral em situações normais de leitura. Penso ser essencial que o professor assuma estes mesmos pressupostos em relação aos autores de redações escolares e lhes cobre explicações sobre casos duvidosos. Em outras palavras, seria útil cobrar do autor do enunciado (1) uma justificativa para inserir uma tal de "Joana" na história que ele estava contando.

Tal comportamento por parte do professor certamente contribuirá para tornar o aluno responsável pelo próprio texto e dar-lhe espaço para discutir suas opções. Se se trata, de fato, de um erro de pontuação, o autor não terá justificativas a expor e terá de reconhecer que disse mais do que pretendia dizer. O aluno precisa sentir-se responsável pela autoria do texto. Chamar a atenção para as intenções subjacentes ao uso da linguagem e todo seu potencial de significação, que a pragmática tem permitido reconhecer, é uma tarefa da qual o professor de língua materna não pode se dispensar.

Como resolver estes problemas? O primeiro passo é fazer com que o aluno reconheça que a pontuação é essencial e que seu uso inadequado traz problemas de compreensão. Além disso, é preciso que reconheça também ser necessária uma uniformidade em relação à notação em si e às regras de utilização. Vejamos, a seguir, um conjunto de sugestões de atividades que têm como objetivo cumprir essa primeira etapa do processo.

A maneira mais imediata de sentir o quanto a pontuação é necessária é estar diante de um texto não pontuado e ter de contar o que leu a uma outra pessoa.

Inicialmente poderíamos entregar a um dos alunos de um grupo de dois ou três um pequeno texto (aproximadamente 200 palavras), que seria a transcrição da fala de um informante com características socioculturais semelhantes às dos alunos. A primeira tarefa consistiria em ler silenciosamente e, em seguida, contar o que leu a seu parceiro.

A tarefa seguinte será pedir aos diferentes grupos que pontuem o texto conforme a "leitura" feita pelo narrador. Em seguida, cada grupo vai mostrar que sinais utilizou e os critérios que nortearam o uso de cada sinal. Por essa tarefa pretende-se deixar claro que a utilização de notações sempre segue regras, ainda que estas não tenham sido previamente explicitadas.

No texto sugerido, a tarefa de pontuar será dificultada pelo fato de se tratar de uma transcrição de um texto falado. São várias as dificuldades encontradas até mesmo por especialistas (ver Castilho, 1994). Portanto, espera-se que várias soluções sejam apresentadas pelos diferentes grupos. Caberá ao professor discuti-las, mostrando vantagens e limitações. (O quadro sugerido no capítulo anterior poderia ser eventualmente utilizado.)

A atividade seguinte será a audição da fita, antecedida de um conjunto de normas de transcrição. Os alunos deverão fazer a transcrição conforme as normas, seguindo-as estritamente. Este exercício terá como objetivo o treinamento da habilidade de usar notações. Veja-se que ainda não se está utilizando as notações típicas da escrita.

A primeira proposta de pontuação, com base na compreensão do texto, fez com que o aluno observasse a correlação entre pontuar e definir unidades textuais (períodos e parágrafos). A segunda proposta de pontuação, tendo como referente a entonação, as mudanças de turno e as pausas, possibilitou ao aluno desvincular certas associações, tais como "presença de vírgula" e "momento de respirar". Possibilitou-lhe também conhecer sistemas diversificados de notações, que dependem do tipo de modalidade do texto. A exigência de seguir as regras de um sistema, qualquer que seja ele, vai levá-lo a lidar com mais naturalidade com a tarefa de consultar regras de pontuação, presentes em manuais, em casos de dúvida.

A tarefa de pontuar textos deverá ser repetida com textos da modalidade escrita. A comparação e a conseqüente discussão das diferenças entre o texto pontuado pelo aluno e aquele pontuado pelo autor poderá vir a ser um espaço útil não só para o domínio do uso de pontuação como também para o domínio da habilidade de argumentar. Não se deve esquecer da relativa flexibilidade permitida no uso da pontuação.

2.1 Atividades

1. Leia o texto abaixo e identifique o assunto.

> "Estranhoestoucomdificuldadepara
> encontrarumagarotaprasaircomigocale-se
> maseuaindanãodissenada"

a) Há algo estranho com este texto? O que é?

b) Reescreva agora o texto, acrescentando o que falta.

c) De onde este texto foi extraído? Justifique sua resposta.

Resposta: jornal *Folha de S. Paulo*, 18-9-1995, cartum

2. Ouça agora uma notícia veiculada ontem no noticiário de TV.
a) Anote-a.
b) Faça isso juntamente com seu colega do lado.
c) Comparar as diferentes soluções, propostas pelos diferentes pares, para se obter uma pontuação para o texto, discutindo-se as correlações: pausa/entonação // ponto/vírgula.

3. Vamos agora fazer a transcrição de um texto falado. Isto é, vamos registrar com sinais gráficos os sons que ouvirmos. (A expectativa é que o aluno utilize a mesma pontuação da escrita para registrar a fala. Então torna-se essencial mostrar as diferenças, discutir a não correspondência entre pausa/entonação//ponto/vírgula e mostrar as limitações da escolha dos sinais de ponto e vírgula para a transcrição da fala. Feito isso, passa-se à etapa seguinte, que é a da definição das normas de transcrição.)

a) Definir normas de transcrição (que poderão ser negociadas com os alunos). As notações abaixo são apenas sugestões (cf. capítulo V):

prolongamentos : : :
pausas /
perguntas ?
seqüência inaudível [ ]

b) O texto falado, gravado em fita, deverá ser apresentado aos alunos. Poderá contar, por exemplo, um caso engraçado, narrado por um informante da mesma faixa etária dos alunos.

c) Pedir aos alunos que façam pequenas entrevistas em casa, gravando-as em fita cassete, e transcrevam três minutos de fala. Os roteiros para entrevista deverão ser dados pelo professor. (As fitas poderão ser guardadas na escola, na biblioteca, para serem utilizadas posteriormente em outras atividades. Um arquivo de textos orais poderá ser iniciado.)

d) Pedir a cada aluno que anote numa ficha a idade do entrevistado, o local onde mora, o sexo e grau de escolaridade.

e) Cada aluno deverá narrar na sala a situação da entrevista: como obteve os dados? Que problemas enfrentou?

4. Pedir aos alunos que selecionem um texto de jornal de 200 palavras. Copiar o texto sem anotar a pontuação. Em sala de aula, passar este texto ao colega e pedir que o pontue.
Em seguida, o texto pontuado deverá ser comparado com o original. As diferenças devem ser anotas e explicadas por escrito.
Exemplo:
Leia o texto abaixo. Esse texto é uma versão de uma crônica de Arnaldo Jabor, publicada no jornal *Folha de S. Paulo*, de 2 de novembro de 1993, caderno 4, página 10. Os parágrafos do texto original foram suprimidos.

Publicidade do país tem que cair na real
Fellini assinaria o comercial que está passando na TV, um filme de publicidade de vodka (vocês devem ter visto): no tombadilho de um navio de luxo um garçom passa com uma garrafa de vodka em frente de personagens do grande mundo. Pelo vidro da garrafa, vemos o súbito 'inner self' de cada um. A vodka faria aflorar nosso mundo reprimido ou nossa beleza insuspeitada: a planta fica carnívora, a raposa da capa-de-pele renasce e rosna, a mala se abre e libera um 'jack-in-the-box', a mulher fina tem uma cobra coral viva no lugar do colar, o elegante maligno sopra uma língua de fogo da piteira, a turista gorda chicoteia o marido de ligas negras, o gatinho preto vira uma pantera. Este filme ganhou prêmio da imprensa no último festival de Cannes e foi feito por um hindu jovem que parece ter saído de um filme de Stephen Frears, chamado Tarsem, com a criação feita pela agência Lowe de Londres. Normalmente, a publicidade busca inspiração na arte. Neste filme, a arte pode buscar inspiração. Elide-se violentamente o conceito fincado de que a publicidade não pode "angustiar" o consumidor, não pode lidar com a verdade. Mentira. Ali não há "adoçamento", não há infantilização, não há "facilitação" da mensagem. Há um enfrentamento de uma psicologia real das personagens, há a incorporação pela publicidade de uma "vida dupla" reprimida em todos nós, há a natural verdade psíquica, sem nenhum temor de provocar retraimento do espectador, sem as lições certas da prudência castradora do "marketing". Há, em suma, coragem.

a) Identifique os parágrafos e indique-os com o sinal α.

b) Por que você optou por essa paragrafação?

c) Compare agora sua paragrafação com a original. Houve diferenças?
d) Qual delas você prefere? Por quê?

Resposta: 1º parágrafo: linha 2.
2º parágrafo: linha 7.
3º parágrafo: linha 14, após segundo período.

2.2 Tipos de erros de pontuação

1. Pontuação inadequada dentro do período. Exemplo:

"O jeito dele rugir, era incrível."

(GE, 5ª série.)

2. Pontuação inadequada dentro do parágrafo. Exemplo:

"Foi quando eu ouvi help socorro acuda; foi
aí que corri para janela e vi dois leões
tentando devorar um grupo de pessoas e fiquei
os observando mais depois disto resolvi decer
para ajudalos pois morava em um apartamento."

(RC, 5ª série.)

3. Delimitação inadequada de parágrafos. Exemplo:

"Existem leões em todo lugar: Nas matas, selvas e até no zoológico em todo lugar.
Eu gostaria de ter um leão, mas é proibido mantê-lo em cativeiro.
Se eu pudesse ter um leão, eu logo despachava a minha cadela, a Baby.

capítulo 6 • **65**

Os leões tem cabelos grandes em volta do pescoço que se chama juba."

Os tipos 1 e 2 retratam a interferência da fala na escrita. O ponto marca a pausa em (1). Já em (2) há itens lexicais em lugar dos sinais gráficos de pontuação: "aí", "e" e "mais". Em (3) a fragmentação do parágrafo indica descontinuidade temática.

Passemos agora a outro tipo de problema: a acentuação ortográfica.

3. Acentuação

Tomemos inicialmente a acentuação. O problema é geralmente diagnosticado como uma decorrência do "desconhecimento das normas que regulam a utilização específica de recursos gráficos"[33]. A solução plausível seria o ensino e a automatização da regra, algo que deveria ter sido feito no ensino primário. Concluindo, aponta-se uma falha no processo e um conseqüente déficit que o professor atual deverá, querendo ou não, suprir.

3.1 Reanálise do problema

Retomemos o problema da acentuação e, em vez de diagnosticá-lo como um déficit do ensino primário, vamos analisá-lo como um pequeno lapso e tratá-lo mais naturalmente.

Quem escreve sabe que a produção de um texto resulta de exercício longo e repetitivo de fazer e refazer. Ler, reler e reescrever. Isto vale para as pessoas comuns, não me refiro aqui àqueles iluminados cuja primeira versão do texto é a definitiva. Feita essa ressalva, pode-se diagnosticar o erro de acentuação como decorrente da não familiaridade do estudante com o processo da escrita.

Desse ponto de vista, as sugestões para resolver os problemas passam inicialmente pelo reconhecimento de que a não acentuação leva a ambigüidades. Outra iniciativa é a insistência no uso do dicionário para dirimir dúvidas. A terceira, e não menos importante, seria a automatização da imagem da palavra, o que se obtém por cópia e leitura de textos corretamente formulados. (É claro que a cópia aqui referida não resulta de cópia mecânica mas sim de uma etapa da tarefa de reescrever textos variados para posterior discussão ou exposição oral.)

3.2 Atividades

1. Leia as frases abaixo e assinale as que lhe parecerem estranhas. Justifique.
a) Na minha opinião, o que vale esta lá fora.
b) Esta aqui sua convidada.
c) Esta sua casa dá gosto de ver.
d) A ganhadora foi está menina.
Obs.: A ausência/presença do acento é determinante para a boa formação da sentença.

2. Pedir aos alunos que consultem o dicionário todas as vezes que tiverem dúvidas.

3. Dado um pequeno texto, retirado de jornal, pedir aos alunos que confiram, usando um dicionário, se não teria havido erros de impressão na acentuação das palavras.

4. Fazer a lista dos erros apresentados pelos alunos em textos de redações e usá-los como objeto de exercícios dos tipos (1) e (2) acima. Nunca grifar erros, evitando-se desse modo a fixação da forma incorreta (isto é, a imagem) da palavra.

3.3 Tipos de erros

Os erros de acentuação podem ser subdivididos conforme as conseqüências acarretadas na interpretação semântica do texto:
1. ambigüidade entre duas palavras (está/esta); e
2. formação de palavras que não existem na língua (lâmpada/lampada).

Embora estas classes não esgotem todos erros, elas recobrem uma grande maioria.

4. Ortografia

A questão da ortografia tem recebido atenção especial de lingüistas interessados em alfabetização. A contribuição mais importante da pesquisa recente é, com certeza, a redefinição da noção de erro de grafia. Em vez de ser concebido como evidência de uma falha de domínio de alguma das regras ortográficas, o erro é concebido como evidência da aplicação de uma hipótese sobre o sistema ortográfico. O erro mostra que o aprendiz está realizando uma etapa desse processo, testando uma hipótese formulada por ele com base em seu conhecimento prévio e sua habilidade de formular e aplicar generalizações. De acordo com Corder (1981), o estudo dos erros permitiria identificar e descrever as hipóteses e estratégias pelas quais o aprendiz constrói seu conhecimento lingüístico.

Nesta perspectiva, os erros podem ser vistos como pistas para o professor identificar em que estágio ou etapa do processo de aprendizagem da escrita seu aluno está e, com base numa escala de gradação de dificuldade, identificar que etapas foram vencidas e quais estão por vencer. Com base nestas informações, poderá definir que atividades são adequadas e em que intensidade.

Algo extremamente útil para viabilizar um trabalho por parte do professor é poder contar, previamente, com uma escala das dificuldades ortográficas, acompanhada de uma bateria de exercícios. Desse modo, caberá ao professor aplicar os exercícios e avaliar o progresso. Apenas as grafias já treinadas devem ser objeto de avaliação em cada fase.

Na bibliografia recente há tipologias de erros, cujas categorias aparecem hierquizadas. Alvarenga *et al.* (1989), após levantamento e análise de erros de grafia coletados em redações de alunos da primeira à quarta séries do 1º grau, apresentam uma categorização que reflete relações entre sistema fonológico e sistema ortográfico no português. São definidas oito categorias, ordenadas conforme sua incidência no *corpus* analisado.

Tipos de erros	%	Nº
I. Desinência de gerúndio (redução)	9,3	19/204
II. Sibilantes coronais (*s* intervocálico, *s* inicial, *z* intervocálico, /s/ pré-vocálico, /z/ diante de *e, i*)	6,3	145/2297
III. Nasalidade (grafia de *m, n, ão, am, ã*)	4,6	128/2771
IV. Sílabas travadas (*r, s, l*)	4,4	180/4112

V. Dígrafos (*nh*, *rr*, [*ch*, *lh*, *gu*, *qu*])	3,0	53/1751
VI. Ditongos	2,1	44/2065
VII. Alçamento de vogais [troca de *e* por *i*]	0,9	13/1496
VIII. Traço de voz [troca de *f* por *v*]	0,4	54/12602
TOTAL		636/27298

(Adaptado de Alvarenga *et al.*, 1989:15.)

As oito categorias acima podem ser reagrupadas em três classes, com base na explicação para a ocorrência do erro[34]:

1ª) Erros decorrentes da identificação entre fonema e letra, nos casos em que, *grosso modo*, se pode estabelecer uma relação um a um (categoria VIII);

2ª) Erros decorrentes de idiossincrasias do código escrito (categorias II, III e V);

3ª) Erros decorrentes da interferência do modo de pronunciar as palavras (categorias I, IV, VI e VII).

Essa classificação, embora apresente algumas sobreposições, permite definir atividades diferentes para cada classe.

A primeira classe é responsável por apenas 0,4%. Inclui a troca de "f/v", "t/d'" e "k/g". O treinamento da pronúncia das palavras e o ditado de pares mínimos deverão levar o aluno a distinguir os sons e, conseqüentemente, representá-los. Um exemplo de par mínimo é "fila/vila".

A segunda classe é responsável por 13,9% das ocorrências. Inclui erros do tipo "gosaram/gozaram", "vizitados/visitados", "cassado/caçado", "agresivos/agressivos", "erra/era", "serto/certo", "vam/vão", etc. Por se tratar de erros que decorrem de incoerências do sistema, já que a correlação um a um entre fonema e letra não é mantida, o aluno só vai chegar à superação deles quando automatizar a grafia correta da palavra, isto é, quando fixar a imagem da palavra. É necessário que o aluno, portanto, escreva sem refletir.

Para tanto, será necessário ler textos grafados corretamente, consultar dicionários sempre que houver dúvida, construir sentenças com palavras selecionadas, etc. Jamais o professor deverá destacar graficamente esses erros, quer sublinhando quer circulando. Se chamar a atenção sobre a forma errada, estará propiciando ao aluno a oportunidade de fixar uma imagem incorreta da palavra.

A terceira classe de erros decorre da tentativa do aluno de retratar na escrita a sua maneira de pronunciar as palavras. Incluem-se aqui erros como "falá/falar", "minero/mineiro", "falano/falando", etc., o que corresponde a 16,4%. É nesta classe que o trabalho com transcrição de textos, sugerido no decorrer deste livro, vai interferir de modo mais direto e positivo. A sugestão de iniciar a transcrição com textos vazados em dialeto padrão vai desde o início levar o aluno a grafar ditongos, desinências de gerúndio, etc. No momento em que as transcrições de fala não-padrão forem introduzidas, o professor deverá chamar a atenção do aluno para as "adaptações" que ele deverá fazer na hora de reescrever o texto nos moldes do texto escrito. Assim, as marcas da oralidade serão "substituídas" naturalmente. Além disso, a audição de fitas juntamente com a leitura de transcrições vazadas no dialeto levará o aluno a automatizar a forma padrão.

Por fim, é oportuno ressaltar que os erros de ortografia, embora considerados faltas graves, fazem parte do processo de aprendizagem e, por isso, devem ser tratados com naturalidade pelo professor, não devendo ser objeto de qualquer preocupação especial.

5. Coesão

Por coesão entende-se o conjunto de amarras de nível superficial que evidenciam relações entre elementos do texto[35]. Pécora (1983) enumera três problemas: (a) as orações permanecem incompletas ou desconectadas (p. 54); (b) escolha inadequada de relatores discursivos (isto é, o sentido explicitado pelo termo de ligação não coincide com o sentido possível de ser estabelecido entre elas (p. 59), incluindo a reiteração cuja função não é esclarecer nem alcançar efeitos poéticos (p. 63)); e (c) ambigüidade de referência anafórica[36]. Cada um dos problemas aparece exemplificado abaixo.

> (1) O fato do cientista, este homem especializado que vive em laboratórios escuros longe da família e dos amigos, cercado de insetos e tubos de ensaio que nem sabemos para que servem. (Pécora, 1983:51.)
> (2) O que acorreria se os cientistas se deixassem influenciar por tudo que ocorre, e se passa?
> (*Idem*, p. 62.)
> (3) Considere que o leitor coloque uma visão diferente, pinte o quadro da escrita com outros instrumentos, ou meios próprios dele. (*Idem*, p. 65.)

Ao buscar explicar estes erros, Pécora (p. 56) aponta a influência da oralidade, por três razões. A primeira é que a perenidade do registro da modalidade escrita por si só impede de explicar o problema de incompletude associativa como resultado de falhas na acuidade da memória. Diferentemente do que ocorre na fala, não seria possível anular ou deixar sem efeito uma determinada construção simplesmente pelo prosseguimento do discurso em outra direção (p. 56). A segunda razão é a dificuldade do produtor do texto para manipular a linguagem de forma adequada à virtualidade de seus interlocutores (p. 60). A terceira razão é o fato de a reiteração responder a uma estratégia de preenchimento em que o problema é ganhar espaço e não estabelecer relações (p. 63).

Diante dessa explicação, a seguinte questão se coloca: será que o aprendiz tem, de fato, consciência das especificidades da escrita? Será que o aprendiz já domina a tal ponto o processo de produção de texto que é capaz de reconhecer suas especificidades e as explorar ao limite?

Suponhamos que o aprendiz seja de fato um aprendiz. Ele ainda não sabe explorar os limites técnicos do ato de escrever. Nesta situação, certamente lançará mão de expedientes que ele domina, e com sucesso. Tais expedientes são aqueles da fala. Se assim for, o caminho para superar os problemas de coesão deverá inicialmente explicitar que fala e escrita são modalidades distintas. Em segundo lugar, deverá treinar o aluno em três tarefas: (a) ler e reler textos, buscando detectar períodos incompletos; (b) selecionar adequadamente os relatores discursivos; e (c) suprimir redundâncias em textos seus e de terceiros.

5.1 Atividades

1. Ler textos curtos, buscando avaliar se há, ou não, períodos incompletos.

2. Trabalhar com transcrições de textos falados, buscando identificar os casos de mudança de plano.

3. Reescrever os enunciados em que houve mudança de plano, de modo a torná-los compreensíveis.

4. Fazer transcrições de pequenas entrevistas, colocando na margem esquerda os relatores discursivos. Depois discutir sua adequação (ver capítulo V).

5. Treinar a tarefa de reescrita de textos, de modo a tornar o aluno exigente quanto à objetividade das informações. Os textos de jornais, revistas e outros afins devem ser preferidos a redações escolares.

6. Reescrever narrativas do aluno ou de terceiros de acordo com os padrões da escrita, acompanhando o seguinte roteiro: (a) divida o texto em margem direita, núcleo e margem esquerda; (b) suprima as redundâncias; (c) complete, se necessário, os enunciados em que houve mudança de plano; (d) reordene os enunciados, se necessário; (e) pontue corretamente; e (f) passe para a ortografia usual. (Outra ordenação de atividades é sugerida no capítulo V.)

"o falecido Francisco contava muita história/
Belinha/ quando morreu/
Carlos gostava muito dela/
ela vivia sempre brincano com ele sosim/
oh Carlos
o dia que eu morrê/ eu vô te sombrá/
ah que nada/ cê num tem medo não/né?
Carlos desceu na piçarra e foi lá embaixo na minha casa/
quando Carlos subiu/
nós só cá de debaxo/
eu tava torrano café/
usava torrá café pra bebê

nóis só iscutô um grito
diz o Carlos que ele viu um cachurrinho branco
que acompanhô ele/
um cachurrinho branco companhô na frente dele/
dirigiu ele subino na frente/
quando chegô ali aonde que é a casa do Ivo hoje/
não era casa/ era só estrada/ né?/
aquele cachorro deu aquele negócio/
cresceu o cabelo dele/ arrepiô/
ele deu aquele grito/
quando tonho chegô/
Carlos tava desmaiado/
depois ele contô que achava que era ela memo
que fez ele medo"

(Entrevista n.º 14, EFO.)[37]

5.2 Tipos de erros de coesão

1. Incompletude do período. Exemplo:

"*Então eu pensei em ser médica, mas vejo como é difícil encontrar um serviço, pois para trabalhar em alguns hospitais*, aqueles que são filho de papai, ou têm um amigo rico é bem mais fácil."

(GC, 8.ª série.)

2. Relatores inadequados. Exemplo:

"Os leões do zoológico são mais calmos *e que* geralmente estão dando crias."

(MLR, 5.ª série.)

3. Ausência de relatores. Exemplo:

Dois meses de perseguição conseguiram pegá-los."
(BLV, 5ª série.)

4. Referência anafórica inadequada. Exemplo:

"Pensei em ser professora mas hoje que convivo com *eles* sei como é difícil viver com seu salário."

6. Coerência

A falta de ter o que dizer é a mãe das frases de efeito, dos chavões e do *nonsense*. Tornar relevante o ato de produzir um texto constitui um fator essencial para superar os problemas de coerência em redações[38]. Por coerência entende-se aqui a estrutura organizacional subjacente que faz das palavras e sentenças uma unidade de discurso, que faz sentido para aqueles que o criaram ou o compreendem[39].

A situação atual de ensino, conforme comentado no capítulo II, é a seguinte: o aluno escreve para interlocutor nenhum, sem qualquer propósito. O aluno tem no professor um revisor que corrige seu texto, mas, diferentemente de verdadeiros revisores, não colabora para o aprimoramento do texto, facilitando o encaminhamento até uma meta clara e objetivamente definida. O texto, ainda que revisado pelo professor, não irá em direção alguma. Sua meta não existe. Os atos de revisão e refazimento caem no vazio: para que aprimorar um trabalho que não terá continuidade? A situação atual, como se pode ver, é de impasse.

6.1 O problema

Lemos (1977), conforme vimos, ao analisar redações de vestibular fala em problemas decorrentes de estratégias de preenchimento e estratégia de interferência. Para Lemos, "o vestibulando, em geral, operaria com um modelo formal preexistente a sua reflexão sobre o tema. Ou melhor, a organização sintático-semântica de sua discussão não representaria o produto de sua reflexão sobre o tema, mas, ao contrário, de um arcabouço ou esquema, preenchido com fragmentos de reflexões ou evocações desarticuladas"[40]. Tal procedimento opor-se-ia a outro, a estratégia de transferência, pelo qual "o estudante faria a mera transferência das regras de uso, subjacentes a sua produção oral, à produção escrita"[41].

Leme Brito (1985), conforme vimos, retoma esses problemas, aponta exemplos e lhes atribui uma causa mais geral: os problemas decorreriam da descaracterização do aluno como sujeito da interlocução na produção de um texto escrito. Se assim é, como então fazer o aluno retomar seu papel de sujeito da interlocução?

6.2 Reanálise do problema

Falar sobre o que não se sabe é difícil. Escrever sobre o que não se sabe é pior ainda. Falar sem querer e escrever sem querer é simplesmente impossível. Portanto, não devemos estranhar quando as redações não correspondem àquilo que reconhecemos como texto. Conforme assinala Geraldi (1985:123), "a redação seria um exercício simulado da produção de textos, de discursos, de conversações", mas não um texto. De acordo com Gallo

(1992:106), haveria uma diferença entre produzir e reproduzir um texto. Para produzir um texto, "o sujeito não terá, necessariamente, explicitado para ele mesmo 'como' ele produziu o seu texto. A explicitação dessa produção deveria ser justamente a função da Escola porque é por essa explicitação que o aluno poderá compreender o discurso escrito e não somente reproduzi-lo". É necessário, na situação de uso da língua em sala de aula, instaurar situações em que a linguagem seja usada como meio de alcançar um objetivo que tem a ver com necessidades e interesses dos alunos. Por exemplo, contar algo para trocar experiências, ler um artigo de jornal para entender melhor determinado fato ou ainda ler textos para lazer, etc.

Entre os teóricos da análise do discurso é corrente a imagem segundo a qual o diálogo é um jogo e como tal só se efetiva se os dois (ou mais) parceiros quiserem. Não existe diálogo/texto num vazio.

Os estudiosos da sociolingüística têm chegado a resultados bastante satisfatórios de elicitação de dados, pela realização de entrevistas. Alguns módulos têm sido bem-sucedidos. São eles: acidentes, brigas, assaltos, brincadeiras, etc. A razão do sucesso é que estes módulos retratam experiências pessoais. O informante, à medida que a entrevista avança, envolve-se emocionalmente, fala com prazer e naturalidade, deixando de prestar atenção ao pesquisador, ao gravador e à situação artificial da narração.

Estes resultados da sociolingüística fornecem uma alternativa para evitar o problema "de não se ter o que dizer", referido inicialmente nesta seção: a utilização de narrativas de experiência pessoal em sala de aula neutralizaria o problema de o aluno ter de produzir um texto sobre um tema do qual nada teria a dizer. Quem não gosta de contar um caso? Quem não gosta de descrever uma situação que vivenciou há pouco? Quem não narraria com interesse uma situação em que tenha sentido medo, alegria, tristeza, etc.? A produção de narrativas de experiência pessoal seria, portanto, um meio de produzir um texto sobre algo de que não há interesse em falar/escrever.

Há ainda uma outra razão para se lidar com narrativas, quer sejam de experiência pessoal quer contadas por tios, avós, etc. Tanto os colegas quanto o professor estariam tomando conhecimento de algo mais sobre o aluno e seus familiares, fugindo "do autoritarismo pedagógico do professor". Afinal, ele também entrará na sala de aula para ouvir uma história que desconhece... Aprenderá com os alunos. [O professor poderá fazer discussões sobre a narrativa,] "tomando alguns de seus aspectos para debates com os alunos. Em geral, tais histórias estão cheias de superstições, preconceitos (contra a mulher, contra o negro, etc.) ou revelam um tipo de vida que está desaparecendo (fatos simples da vida dos avós, dos pais, pescarias, divertimentos que já não existem, etc.)"[42].

6.3 Atividades

a) Fazer análises de narrativas, identificando sua estrutura[43].

As seguintes partes poderão ser identificadas:
(1) resumo: introduz as linhas gerais da ação;
(2) orientação: consiste na introdução dos personagens, do local e do tempo de ação;
(3) complicação: aparece o elemento desencadeador e complicador da ação narrada;

(4) resolução: é apresentada a solução do conjunto de ações;
(5) coda: marca o final do tempo da narrativa; e
(6) avaliação: é a parte da narrativa pela qual o narrador procura motivar o destinatário, valorizando o fato narrado[44].

Exemplo de narrativa:

(i) E: "Você já participou de alguma briga?
I: já sim/ briga de murro mesmo	(0)
uma vez eu tava na rua	(1)
aí tinha um cara lá que era a maior...	(2)
aí ele foi	(3)
e jogou a bola de couro na minha cabeça	(4)
Nossa! fiquei morrendo de raiva	(5)
aí eu fui	(6)
e xinguei ele	(7)
e ele foi	(8)
e me xingou	(9)
aí foi a maior confusão	(10)
aí ele foi	(11)
e me deu/ me deu um soco na barriga	(12)
aí eu fui	(13)
e dei dois socos na cara	(14)
e aí acabô	(15)
foi só isso"	(16)

(NSC, 7ª série, adaptada.)

Na linha (0) aparece um resumo; em (1)-(3), a orientação; em (3)-(4), (6)-(9) e (11)-(14), a complicação; em (14) e (15), a resolução; em (5) e (10), a avaliação; e em (16), a coda.

b) Completar narrativas, acrescentando uma das partes (1)-(6), acima.

Por exemplo, na narrativa (ii) faltam avaliação e coda. Já na narrativa (iii) falta orientação, avaliação e coda.

(ii) E: "Já viu algum acidente?
I: foi na pracinha aqui atrás do Cristina
tava tendo festa lá
aí veio dois caras na moto
aí chegou um Chevette
e bateu
os cara lá caiu lá
teve fratura exposta
o outro teve fratura também
aí levaram eles pro hospital"
(GTV, 7ª série.)

(iii) E: "Você já viu algum acidente?
I: o menino tava surfando
aí o motorista foi frear
aí o menino desequilibrou
e caiu debaixo do ônibus assim
aí o motorista foi
e passou o ônibus em cima"
(RS, 7ª série.)

c) Recontar histórias e episódios curtos, lidos em silêncio, a grupo de alunos que permaneceu fora da sala durante a leitura.

6.4 Tipos de erros de coerência

1. Não progressão semântica. Exemplo:

"Eu, então, esperar com bastante esperança que no próximo ano ou nos próximos tempos haverá e nascerá um mundo em que um diploma valerá uma Esperança!"

(GC, 8ª série.)

2. Descontinuidade temática. Exemplo:

"Os leões que vimos no zoológico são também encontrados no continente da África. Os leões são carnívoros, ágeis, e os reis da selva. Se criados em cativeiros podem ser dóceis. (...) Conhecemos os leões também das entradas dos filmes antigos. Os leões são grandes que chegam de 2 a 3 metros. *Há também o signo de leão, que é de 22 de julho a 22 de agosto, quando a Terra passa pela constelação de leão.*"

(HL, 5ª série.)

3. Presença de lugar-comum. Exemplo:

"Nascerá um mundo em que um diploma valerá uma Esperança!"

(GC, 8ª série.)

4. Contradição. Exemplo:

"Minha *única* alternativa era [ser] contadora mas já me alertaram que é difícil arranjar uma empresa no dia de hoje. *Então o que me resta é tentar realizar meu sonho de ser modelo da Ford!*"

(GC, 8ª série.)

Cada um destes erros deverá ser tratado e avaliado individualmente. Veja-se que o primeiro acarreta redundância: a mesma informação é dita de várias maneiras.

O segundo leva à fragmentação: novas informações são introduzidas, mas não desenvolvidas. O terceiro é altamente previsível e, por isso, não relevante. O último leva à não compreensão do texto.

7. Regência verbal e nominal

Por que ocorrem erros de regência em redações? Para responder a essa pergunta é necessário partir de uma noção gramatical do que seja regência.

Por regência nominal e verbal entende-se a seleção categorial que os itens lexicais exigem para a formação de constituintes sintáticos maiores (sintagmas, orações e sentenças). Em outras palavras, não cometer erros de regência é, pelo menos em parte, selecionar as preposições adequadas a cada verbo e a cada nome. É também selecionar o tipo de complemento adequado a cada verbo, nome, adjetivo e advérbio.

Teorias lingüísticas assumem que conhecer uma língua é conhecer o léxico, a sintaxe, a formologia e a semântica daquela língua. O léxico é aprendido, item por item, por conter idiossincrasias. É claro que princípios e regras também fazem parte do léxico, tornando-o produtivo. Mas são as idiossincrasias o que mais conduz a erros.

No que diz respeito ao ensino da regência, a atividade primordial é ter contato intenso com textos falados e escritos na modalidade culta. Além disso, seria útil tratar cada erro de regência como um fato isolado. A cada erro detectado devem-se oferecer passagens de texto em que o item em questão apareça inserido adequadamente numa estrutura. Essas passagens devem ser objeto de leitura, escrita e comentário, atividades que levam ao domínio ativo daquela estrutura. Desse modo, o aluno estará aprendendo através de evidência positiva. Nunca se deve ressaltar o erro com traços coloridos ou repetições enfáticas, a fim de que tais recursos não levem à fixação da forma inadequada.

7.1 Tipos de erros de regência

1. Seleção inadequada da preposição. Exemplo:

> "Quando eu era pequeno, meu pai me levou em um zoológico."
> (GRG, 5ª série.)

2. Omissão de preposição em início de sentença. Exemplo:

> "Eu concordo que o jogo foi bom."
> (JS, 8ª série.)

3. Omissão de preposição em sintagmas coordenados. Exemplo:

> "Eles adoram comer carne que eles mesmos caçam para dar aos filhos e si próprios."
> (RA, 5ª série.)

4. Seleção inadequada de pronome átono. Exemplo:

"(...) depois de ser admirado por milhões de pessoas que às vezes até o causam mal (...)."

(CB, 5ª série.)

8. Vocabulário

O uso de vocabulário inadequado decorre geralmente de hipercorreção. Isto é, o aprendiz quer escrever correto demais e por querer acertar acaba errando.

Supondo-se que a análise acima esteja correta, um meio de diminuir a freqüência de erros de vocabulário é incentivar o aluno a falar com simplicidade. Um princípio geral deve ser: em caso de dúvida, opte sempre pela palavra mais fácil, mais familiar.

Outra atividade importante é o uso do dicionário. Este deverá estar sempre à mão para ser consultado quando houver dúvidas quanto ao sentido de uma palavra ou quando se quer procurar um termo mais adequado. Enfim, o dicionário deverá ser usado em situações em que houver um problema real a ser resolvido e não como mero exercício de preenchimento de lacunas, tal como aparece em livros didáticos.

8.1 Tipos de erros de vocabulário

1. Gírias inseridas em textos formais. Exemplo:

"Ele [o cachorrinho] cavava suando, pensando que o leão pudesse acordar e *crau* nele."

(WS, 5ª série.)

2. Neologismo. Exemplo:

"Teve um certo dia que um *jauleiro* foi dar comida para os leões (. . .)."

(BLV, 5ª série.)

3. Termo "culto" ou "bonito". Exemplo:

"O Cruzeiro não merecia a derrota, pois jogou muito bem, mas em algumas oportunidades não *sobre* aproveitar como devia."

(AB, 8ª série.)

O item (2) não seria de fato um erro já que inovar no vocabulário é algo que o falante comum faz naturalmente e com muito mais freqüência do que se imagina[45].

Conclusões

Falar de produção de textos na escola é tocar num ponto nevrálgico. É aí que o fracasso é mais visível. Muitos são os diagnósticos. Várias são as causas apontadas e muitos têm sido os remédios recomendados. Os erros detectados podem ser classificados conforme o nível discursivo: ou textual ou sentencial. Segue abaixo um quadro contendo uma síntese dos erros apontados no decorrer deste livro. O objetivo é fornecer ao professor uma matriz de avaliação de textos escolares.

Quadro de avaliação

a) Concordância:
    1. Concordância de número
    2. Concordância de gênero
    3. Concordância de tempo e modo verbais
    4. Marca de concordância em palavras invariáveis

b) Pontuação:
    1. Pontuação inadequada dentro do período
    2. Pontuação inadequada dentro do parágrafo
    3. Delimitação inadequada de parágrafos

c) Acentuação: 1. Ambigüidade entre duas palavras
                   2. Formação de palavras que não existem na língua
d) Ortografia: 1. Não identificação entre fonema e letra, nos raros casos em que a correlação é um a um.
                   2. Decorrem de incoerência do sistema
                   3. Decorrem de variação lingüística

e) Coesão: 1. Incompletude do período
                   2. Relatores inadequados
                   3. Ausência de relatores
                   4. Referência anafórica inadequada

f) Coerência   1. Não progressão semântica
                   2. Descontinuidade temática
                   3. Presença de lugar-comum
                   4. Contradição

g) Regência: 1. Seleção inadequada da preposição
                   2. Omissão de preposição em início de sentença
                   3. Omissão de preposição em sintagmas coordenados
                   4. Seleção inadequada de pronome átono

h) Vocabulário: 1. Gírias inseridas em textos formais
                   2. Termo "culto" ou "bonito"

Quanto às causas, foram apontadas as seguintes: desconhecimento da norma culta falada e escrita; desconhecimento e falta de prática da técnica de produção de textos (escrever, ler, reescrever, ler, etc.); ausência de treinamento na atividade de revisão; ausência de um interlocutor real; ausência de um objetivo social ou pragmático para a produção do texto; ausência de modelos e padrões variados de textos; ausência de uma hierarquia de tipos de textos, ordenados conforme o grau de dificuldade de produção ou de leitura; ausência de uma clara definição do papel do professor no processo de produção de textos.

Quanto aos remédios, vários foram apresentados. O mais importante é certamente a utilização de um padrão de correção que permita ao professor analisar os erros de seus alunos e, com base nessa análise, selecionar a atividade adequada e avaliar cada tipo de erro por vez.

No decorrer deste livro buscou-se (re)definir tipos e subtipos de erros. Para cada um foram apontadas sugestões de atividades específicas. Na aplicação de cada uma em sala de aula é necessário considerar que os erros são hipóteses formuladas pelos aprendizes e devem, como tais, servir de pistas para o professor. O erro faz parte do processo de aprendizagem e como tal deve ser encarado com naturalidade e como fonte de novos conhecimentos e indagações.

Notas

1. "(...) a posição dos advérbios em português falado é extremamente regular. Tudo aquilo que pudemos observar em nossa análise dos advérbios contradiz a crença de que a língua falada é anárquica, opondo-se a uma língua escrita perfeitamente regrada." Ilari *et al.* (1991). "Considerações sobre a posição dos advérbios", in Castilho, A. (org.) (1991). Ver também Ilari, R. (org.) (1992); e Castilho, A. (org.) (1993).
2. Ilari e Possenti (1985).
3. Lemle, M. (1978).
4. "Os conhecimentos lingüísticos devem servir de sustentação para o domínio da língua culta, e sempre em função das duas práticas: leitura e produção de textos (orais e escritos). Uma das principais preocupações do professor deve ser a tentativa de eliminar a abordagem árida dos conhecimentos lingüísticos, tratados como um fim em si mesmo." In: Currículo da Escola Pública Estadual de Minas Gerais, Secretaria de Estado da Educação de Minas Gerais, 1993:110.
5. Cf. depoimento de uma professora da rede estadual de Minas Gerais, durante o Curso de Especialização em Língua Portuguesa, realizado no período de 1992-93, na Universidade Federal de Ouro Preto.
6. Este questionário foi aplicado durante o Curso de Especialização referido na nota 2.
7. Castilho, A. (1986).
8. Sobre diferente conceituação deste termo, ver Lucchesi (1994).
9. Citado por Castilho (1986:2).
10. Quando uma pessoa analfabeta nos diz que não sabe falar, o que ela está dizendo é que seu desempenho lingüístico está aquém daquele

desempenho que ela considera "bonito", "correto", um modelo a ser seguido.
11. Testes de reação subjetiva ou testes de atitude são aqueles em que o informante é exposto a um fato da língua e sua reação é observada. Por exemplo, certos informantes, ao ouvirem o enunciado "Não sei por onde anda a Maria. Não a tenho visto ultimamente", disseram que (i) "Nossa! Tá certo, mas é esquisito! As pessoas não falam assim.; (ii) Ai, que rebuscamento!; (iii) Chique!; (iv) Pedante!" (Exemplos de Duarte, 1989:34). Estes comentários indicam que os informantes reconhecem a forma como "correta", embora sintam que esta forma já não faz parte do seu repertório oral ativo.
12. Ver Labov, W. (1972a) *Sociolinguistic Patterns*, Filadélfia, University of Pennsylvania Press.
13. Construções de tópicos são aquelas em que uma locução aparece sintaticamente "solta" e é co-referente de outra locução dentro da sentença. Esta última pode vir expressa ou implícita. Por exemplo: (i) *Maria, ela* gosta disso; (ii) *O João,* todo mundo gosta *dele*; (iii) *Esses livros*, eu conheço ∅.
14. Cf. Orlandi, E. (1983).
15. In: Geraldi, W. (1985).
16. Cf. Leme de Brito (1985:114).
17. Cf. Leme de Brito, *op. cit.*
18. Sobre a não assunção por parte do professor do papel de destinatário do texto do aluno, ver Geraldi (1991:47-53).
19. Num questionário aplicado a 250 alunos de 1º e 2º graus, moradores da periferia de Belo Horizonte, 40% responderam que assistem à TV mais de 3 horas diariamente.
20. Por analfabeto funcional entende-se "aquele indivíduo que embora seja capaz de assinar o nome e de decifrar o letreiro do ônibus que toma diariamente, não conseguiria ler com compreensão adequada uma página completa, ainda que se tratasse de assunto dentro de sua competência" (Perini, 1991:79).
21. Cf. Leme (*op. cit.*).
22. No conjunto de 70 redações examinadas, foram detectados 158 erros. Observou-se que as redações feitas a partir do documentário exibido em vídeo tiveram um total de erros de coesão 33% menor e coerência 15% menor do que as redações feitas a partir de um título.
23. Essas alterações implicam a adoção de um novo ponto de vista. Para obter sucesso, falante e ouvinte deverão assumir certas entidades como centrais, usando-as e vendo-as por certas perspectivas, o que vai afetar tanto o que o falante vai dizer quanto o modo como o ouvinte vai

interpretar. Desse modo, estarão "focalizando" de modo semelhante, o que não só tornará a comunicação mais eficiente, como, na verdade, a tornará possível. (Sobre a noção de focalização, ver Koch e Travaglia (1995)).
24. Para uma proposta detalhada de uso de jornal em sala de aula, ver o excelente trabalho de Faria (1992).
25. Santos, L. M. e Valle, M. S. R. (1987).
26. Ver, a propósito, Castilho (1994).
27. Os exemplos citados nesta seção são todos de Castilho (1994).
28. Estas notações são adaptadas a partir das normas para transcrições apresentadas em Castilho e Preti (1986), utilizadas no projeto NURC/SP.
29. Essa sugestão adota critérios diferentes daqueles apresentados por Castilho (*op. cit.*).
30. Esse modelo foi apresentado por L. A. Marcuschi num curso intitulado "Tratamento da oralidade no ensino da Língua", ministrado durante o I Congresso Internacional da ABRALIN (Associação Brasileira de Lingüística), em Salvador.
31. Pécora, A. (1983).
32. Ver Nicolau, E. (1984).
33. *Idem*, pág. 29.
34. Segundo os autores, as explicações para a ocorrência dos erros das categorias quantitativamente mais significativas poderiam ser agrupadas em função de diferentes condicionamentos; (a) a interferência da fala na escrita; (b) as idiossincrasias do código escrito; e (c) a atuação de determinantes extralingüísticos que interferem na definição das condições sob as quais se realiza a mediação entre a fala e a escrita. Os autores não explicitam quais seriam os determinantes extralingüísticos.
35. Cf. Alvarenga *et al.* (*op. cit.*).
36. As causas apontadas para os itens a-c, são respectivamente: "Justamente porque a grafia mantém integralmente o discurso que vai sendo produzido, não é possível — como é feito sem maiores problemas no caso da oralidade – anular ou deixar sem efeito uma determinada construção simplesmente pelo prosseguimento do discurso em uma outra direção." (p. 56) Explicação de (b): "uma dificuldade do produtor do texto para manipular a linguagem de forma adequada à virtualidade de seus interlocutores" (p. 60). Na oralidade essa dificuldade é minimizada pela presença do interlocutor na situação; o ajuste à imagem de seu interlocutor é mais fácil (p. 60). Explicação para (c): "a reiteração responde a uma estratégia de preenchimento, onde o problema é ganhar espaço e não estabelecer relações de fato." (p. 63).

37. Entrevista pertencente ao *corpus* do projeto "Estudo da fala ouropretana", Universidade Federal de Ouro Preto.
38. Ver excelentes sugestões de situação de produção de texto em sala de aula em Santos (1993).
39. Cf. Tannen, D. (1993 XIV)
40. Lemos, C.T.G. (1977).
41. Cf. Lemos, *op. cit.*
42. Geraldi, W. (1985:56)
43. Ver Labov e Waletzky (1968) e Labov (1972b).
44. Os conceitos apresentados foram adaptados de Tarallo, F. (1985:23-26).
45. Ver, a propósito, Alves, I. (1990).

Referências bibliográficas

ALVARENGA, D. *et al.* (1989). "Da forma sonora à forma gráfica escrita – uma análise lingüística do processo de alfabetização", in *Cadernos de estudos lingüísticos* 16:5-30.
ALVES, I. M. (1990). *Neologismo: criação lexical.* São Paulo, Ática.
BLANCHE-BENVENISTE, C. (1986). "L'oralité", *Boletim da filologia* 31:87-95.
CASTILHO, A. (1986). "Apresentação" in A. CASTILHO e D. PRETI (orgs.) (1986), *A linguagem falada culta na cidade de São Paulo – Elocuções formais*, vol. I, São Paulo, T. A. Queiroz.
——— (1990). "Português falado e ensino de gramática, *Letras de hoje*, 25:103-136.
——— (org.) (1991). *Gramática do português falado*, vol. I. Campinas. Ed. Unicamp/Fapesp.
——— (org.) (1993). *Gramática do português falado*, vol. III, Campinas, Ed. Unicamp/Fapesp.
——— (1994). "Problemas de descrição da língua falada", *Delta*, vol. 10, n.º 1:47-72.
CORDER, S. (1981). *Error Analysis and Interlanguage.* Oxford, Oxford University Press.
Currículo da Escola Pública Estadual de Minas Gerais, Secretaria de Estado da Educação de Minas Gerais, 1993:110.
DUARTE, M. E. L. (1989). "Clítico acusativo, pronome lexical e categoria vazia no português do Brasil", in F. Tarallo (org.) (1989). *Fotografias sociolingüísticas.* Campinas, Pontes/Ed. Unicamp.
FARIA, M. A. (1992). *O jornal na sala de aula.* São Paulo, Contexto. 4ª ed.

FÁVERO, L. e URBANO, H. (1989). "Perguntas e respostas na conversação à luz dos materiais NURC/SP", *Estudos lingüísticos* 20, 1991: 438-445.
FUCHS, C. (1982). *La paraphrase*. Paris, PUF.
GALLO, S. L. (1992). *Discurso da escrita e ensino*. Campinas, Ed. Unicamp.
GERALDI, W. (1985). *O texto na sala de aula*. Cascavel, Assoeste, 4ª ed.
——— (1991). "O professor como leitor do texto do aluno", in M. H. Martins (org.). *Questões de linguagem*. São Paulo, Contexto.
HILGERT, J. G. (1989). *A paráfrase*. USP, Tese de Doutorado, inédita.
ILARI, R. e POSSENTI, S. (1985). "Português e ensino de gramática", in *Projeto Ipê, Língua Portuguesa*. São Paulo, Secretaria da Educação/CENEP, vol. II.
ILARI, R. *et al.* (1991). "Considerações sobre a posição dos advérbios", in Castilho, A. (org.) *Gramática do português falado*, vol. I, Campinas, Ed. Unicamp/Fapesp.
——— (org.) (1992). *Gramática do português falado*, vol. II, Campinas, Ed. Unicamp.
KLEIMAN, A., CAVALCANTI, M. e BORTONI, S. M. (1993). "Considerações sobre o ensino crítico de língua materna", in Atas do IX Congresso Internacional da Associação de Lingüística e Filologia da América Latina (ALFAL), Campinas.
KOCH, I. G. V. e TRAVAGLIA, L. C. (1995). *Texto e coerência*. São Paulo, Cortez Ed., 4ª ed.
LABOV, W. e WALETZKY, T. J. (1968). "Narrative analysis: oral versions of personal experience". Tradução e adaptação de Yara F. Vieira.
LABOV, W. (1972a). *Sociolinguistic Patterns*. Filadélfia, University of Pennsylvania Press.
LABOV, W. (1972b). *Language in the Inner City*, Univ. of Pennsylvania Press.
LEMLE, M. (1978). "Heterogeneidade dialetal: um apelo à pesquisa", in *Lingüística e ensino do vernáculo*. Rio de Janeiro, *Tempo Brasileiro*, 53/54.
LEME DE BRITO, P. (1985). "Em terra de surdos-mudos (um estudo sobre a produção de textos escolares)", in W. Geraldi (1985).
LEMOS, C. T. G. "Algumas estratégias", in *Cadernos de Pesquisa*, nº 23, Fundação Getúlio Vargas, São Paulo, 1977.
LUCCHESI, D. (1994). "Variação e norma: elementos para uma caracterização sociolingüística do português do Brasil", in *Revista Internacional de Língua Portuguesa*, 12:17-28.

MARCUSCHI, L. A. (1994). "Tratamento da oralidade no ensino da língua", curso ministrado durante o I Congresso Internacional da ABRALIN (Associação Brasileira de Lingüística), em Salvador.
NICOLAU, E. (1984). *A ausência de concordância no português.* Dissertação de Mestrado, Belo Horizonte, UFMG.
ORLANDI, E. (1983). *A linguagem e seu funcionamento.* São Paulo, Brasiliense, p. 167.
PÉCORA, A. (1983). *Problemas de redação.* São Paulo, Martins Fontes.
PERINI, M. (1991). "A leitura funcional e a dupla função do texto didático", pp. 78-86.
RAMOS, J. (1995). "Da utilização de documentários de TV em sala de aula", comunicação apresentada no XLIII Seminário do GEL, Ribeirão Preto, UNAERP.
──────── (1992). *Corpus* do projeto de pesquisa "Estudo da fala ouropretana", Universidade Federal de Ouro Preto, realizado no período de 89 a 92.
──────── (1995). *Corpus* do projeto de pesquisa "Textos falados, textos escritos e ensino da língua materna", CNPq/UFMG, 1995.
RODRIGUES, A. D. (1968). "Problemas relativos à descrição do português contemporâneo como língua padrão no Brasil", *I Simpósio Luso-Brasileiro sobre a Língua Portuguesa Contemporânea.* Coimbra.
SANTOS, L. M. e VALLE, M. S. R. (1987). "Falar e escrever são a mesma coisa?", in J. Durigan, M. B. Abaurre e Y. F. Vieira (orgs.) *Magia da mudança – vestibular da Unicamp: língua e literatura.* Campinas, Ed. Unicamp.
SANTOS, M. L. (1993). *A expressão livre no aprendizado da língua portuguesa.* São Paulo, Ed. Scipione, 2ª ed.
TANNEN, D. (org.) (1993). *Coherence in Spoken and Written Discourse.* Norwood, Nova Jersey, Ablex Publishing Co.
TARALLO, F. (1985). *A pesquisa sociolingüística,* São Paulo, Ática.

IMPRESSÃO E ACABAMENTO:
YANGRAF Fone/Fax: 6198.1788